CAHIER DE TENDANCES

POUR DE FUTURES MUTUALISATIONS

La Fondation Jean-Jaurès remercie la Macif
d'avoir apporté sa contribution à cet ouvrage.

www.editionsbdl.com
33300 Bordeaux

ISBN : 9782 38519 1177

CAHIER DE TENDANCES

POUR DE FUTURES MUTUALISATIONS

COORDONNÉ PAR

TIMOTHÉE DUVERGER,
THIERRY GERMAIN
& ALBAN GONORD

LE BORD DE L'EAU

SOMMAIRE

CAHIER DE TENDANCES POUR DE FUTURES MUTUALISATIONS

CAHIER DE TENDANCES

Pour un futur mutuel

INTRODUCTIONS

LA MUTUALISATION, UN PACTE DE SOLIDARITÉ

Jean-Philippe Dogneton

DIRECTEUR GÉNÉRAL DE LA MACIF

L'ART DE LA FORMULE PEUT ÊTRE LA MEILLEURE EXPRESSION DE LA PENSÉE.

Dans un « futur mutuel », titre du chapitre introductif du cahier de tendances, la puissance des mots se conjugue et la formule constitue par elle-même à la fois une définition des enjeux, une réponse de principe et un programme face aux « maladies » contemporaines.

Des mots et des réflexes disparaissent dans les temps individualistes pour mieux réapparaître face aux crises. Ainsi vont les sociétés souvent promptes à abandonner les enseignements de l'histoire, des crises et qui se détournent trop rapidement de ce qui fait la singularité humaine.

Et pourtant de tous les temps, de toutes les époques et de toutes les histoires, la même énergie solidaire, constituée ou inconsciente, a permis de surmonter les crises et de compléter l'arsenal des réponses.

Voilà que, face aux défis contemporains, réapparaît soudainement la notion de mutualisation comme un puissant moteur de solutions. Il ne faut pas y voir le résultat d'un concours de circonstances ou un hasard d'expression mais bien au contraire le reflet d'une prise de conscience et d'une voie à suivre.

Derrière le mot, il faut y décrypter, à la fois, l'état d'esprit et l'action de ceux qui œuvrent efficacement à mettre en commun et à répartir solidairement, dans le temps et dans l'espace, un certain nombre de ressources et de réponses.

L'assurance en est un terrain d'expression privilégié, celui que je connais le mieux, à la fois historique et permanent, qui rend assurable ce qui pourrait ne pas l'être, qui protège de l'aléa ceux et celles qui font société, porte une attention aux plus faibles et tire avantage par construction de la mise en commun au service et au profit de tous.

Les mutualistes le savent bien, qui en sont des praticiens de chaque jour, dans la gouvernance et dans l'action, au plus près de la vie quotidienne, qu'il s'agisse de santé, de protection des victimes de la vie ou des conséquences climatiques.

Si la mutualisation est désormais une réponse d'évidence, elle est aussi une clé qui ouvre à la réflexion. Elle doit, adaptée aux temps présents, rechercher de nouvelles réponses, de nouvelles formes et de nouveaux périmètres face aux défis contemporains qui sont les nôtres et aux fractures qu'ils génèrent.

Dans ces temps de « polycrise » selon l'expression d'Edgar Morin, l'ampleur, la fréquence et l'interdépendance des risques et des événements posent de nouvelles limites et challengent d'autant le principe de mutualisation.

Mais illustrons en quoi et pourquoi la mutualisation est source de solutions plurielles.

La mutualisation permet le partage des risques et une meilleure compensation entre eux en partant du principe que l'aléa dans la vie et dans l'assurance frappe indistinctement et jamais toute la population au même instant. Ce qui se traduit dans le langage commun par une expression du style « j'accepte de payer pour les autres sachant qu'un jour je pourrais moi-même en avoir besoin… ». C'est une forme de solidarité acceptée, à défaut d'être une solidarité engagée. Il n'en demeure pas moins que cette réponse relève bien du registre de la mutualisation. Peut-être à ce stade faut-il rappeler que la réponse alternative à la mutualisation est la segmentation. L'effet direct dans ce cas est d'évaluer chacun selon sa situation et ses moyens en acceptant qu'une partie de la population, non solvable ou trop risquée, ne bénéficie pas de la solidarité collective. Cette précision étant apportée, poursuivons l'illustration d'exemples de mutualisation.

En matière climatique, la France a su mettre en place un régime d'indemnisation très spécifique, en cas de sinistre, avec le régime des catastrophes naturelles. Solidaire, chacun contribuant à son fonctionnement et chacun pouvant en bénéficier en cas de sinistre, ce modèle peut également faire appel à la solidarité nationale en cas de situation extrême. Par son montage en cascade et son principe de mutualisation, cet exemple constitue une école et un observatoire unique et remarquable d'une technique de mutualisation élaborée. Inspirant, ce modèle est souvent source de réflexions pour d'autres situations même si, confronté à l'augmentation des situations climatiques, le régime Cat Nat doit lui aussi évoluer. De fait, sur le plan climatique et pour supporter les impacts, la question se pose de savoir par exemple s'il faut élargir la mutualisation à l'espace européen.

Sur un sujet de même nature et face à la restriction des ressources et en particulier en eau, la solidarité territoriale devra impérativement s'exprimer, ce qui ne manquera pas de poser la question d'une nouvelle gouvernance de l'eau pour organiser un partage efficace, responsable et équitable dans le temps.

La mutualisation peut aussi s'appliquer à des sujets encore très largement inexplorés. La question de la mobilité et de l'accès à l'habitat sont des questions sociétales fondamentales. Et pourtant, la ville du partage et des espaces mutualisés est par exemple une piste très sérieuse en réponse à l'étalement urbain, à l'artificialisation des sols et plus globalement à la vie en société. Le partage de la mobilité sous une forme collective ou individuelle organisée est aussi une proposition en développement pour les territoires et les citoyens. Le monde associatif est particulièrement actif et apporteur de réponses concrètes qui ne demandent qu'un passage à l'échelle.

Le défi intergénérationnel est, pour sa part, sous l'effet de l'évolution de la démographie, l'un des plus complexes à envisager et n'est pas moins puissant que le changement climatique. Par définition, ce défi ne trouvera de solution que par la mise en œuvre de réponses mutualisées entre générations, car il n'existe tout simplement pas d'autre réponse acceptable, qu'il s'agisse de l'espace de travail et de l'espace privé.

Formation, accompagnement et soutien, les entreprises doivent repenser la relation et l'organisation du travail dans le premier cas, l'habitat et les services partagés seront amenés à se développer pour le second.

Ces quelques situations n'ont que la valeur de l'exemple mais elles démontrent, par leur hétérogénéité, que la mutualisation est une réponse à la fois solidaire et équitable mais qu'au-delà, elle constitue, adaptée à une réalité technique ou organisationnelle, une solution flexible, modulable, adaptable à différentes formes d'enjeux, de sujets et de périmètres.

Il n'est pas étonnant dès lors que la « mutuellisation » traverse la société et les esprits, imprime les modèles d'entreprises, l'action économique et les initiatives locales. Le modèle mutualiste a été le gardien dépositaire d'un savoir-faire et d'un modèle de pensée tout entier tourné vers la mutualisation et la solidarité. Mais il ne faut jamais ignorer que les idées et le modèle restent très exposés aux tentations de marchandisation, à l'exercice facile de la segmentation accélérée au travers du commerce des données et à l'écueil de la technocratie pour sa mise en œuvre. La mutualisation est par nature ouverte, technique, mais aussi homogène et respectueuse. C'est à la fois sa très grande force et parfois sa faiblesse.

La mutualisation est une forme de « pacte de solidarité », c'est surtout une réponse concrète et variée, humaine et collective, face aux problèmes contemporains.

Elle nous rappelle que personne n'est jamais étranger à la solution !

MUTUALISATION : L'AVENIR D'UN CONCEPT

Alban
Gonord

DIRECTEUR DE L'ENGAGEMENT DE LA MACIF

MUTUALISATION : ET SI NOUS N'AVIONS PAS EXPLORÉ TOUTES LES VIRTUALITÉS DE CETTE NOTION ANCIENNE ET FAMILIÈRE ? ET SI, DEVANT LES FRACTURES CLIMATIQUES, SOCIALES ET ÉCONOMIQUES, IL ÉTAIT TEMPS DE RÉINTERROGER LA NOTION, D'EN OBSERVER TOUTES LES FACETTES ?

C'est justement ce que propose cette publication: commencer à faire d'une notion oubliée un concept opératoire, examiner ses dimensions, interroger sa polysémie, imaginer ses actualisations possibles.

Un concept est une chose hybride: c'est une idée abstraite et générale, exprimant un rapport, une qualité, une valeur, un principe, une essence. Cette idée générale a vocation à transcender les lieux et les époques et à être compréhensible par tous. En même temps, elle sert à éclairer des réalités concrètes, elle nous aide à organiser notre quotidien ici et maintenant et elle est donc interprétée de façon différente selon les contextes sociaux, culturels et politiques dans lesquels elle circule.

Conscients que les concepts ne sont pas des entités philosophiques immuables mais des constructions sociales et culturelles qui reflètent les préoccupations d'une époque, les historiens de métier ont d'ailleurs développé, dans le sillage de l'histoire sociale, une nouvelle approche épistémologique à partir des années 1970 nommée « histoire conceptuelle » ou « histoire des concepts[1] ». Il s'agissait d'étudier les variations de sens dont la plupart des concepts sont porteurs: lorsque la société évolue, lorsque des bouleversements économiques, politiques, institutionnels ont lieu, les mots sont en effet souvent les vecteurs de ces changements. De nouveaux concepts apparaissent, d'autres, déjà anciens, peuvent être réinvestis de nouvelles

1 L'un des instigateurs de l'histoire des concepts est l'historien allemand Reinhart Koselleck (1923-2006).

significations. C'est particulièrement vrai pour les concepts qui servent à exprimer des réalités sociales, politiques ou juridiques, inéluctablement exposées aux changements. Pierre Rosenvallon a pu par exemple démontrer que le XVIIIe siècle a progressivement exhumé le concept de « démocratie », concept considéré alors comme désuet et fictif. « Les Lumières », la Révolution française, actualiseront en lui l'idée de souveraineté du peuple. Et un député du Tiers-État en 1789 n'aura pas non plus la même représentation de la « démocratie » qu'un électeur des débuts de la Ve République ou qu'un consom'acteur de la démocratie 2.0.

Les concepts ont une vie. Ils naissent, évoluent, meurent, parfois ressuscitent. Et s'il en était de même pour le concept de « mutualisation » qui, dans la sphère assurantielle, a subi au cours du temps des évolutions notables ? Les sociétés de secours mutuel qui se développent au XIXe siècle entendaient suppléer les solidarités villageoises mises à mal par l'essor incontrôlé du capitalisme industriel et mettre en place un soutien minimal en cas de maladie et d'obsèques. Lorsque l'État s'est fait plus interventionniste et que la Sécurité sociale est devenue, à partir de 1945, le cœur de la solidarité nationale, les mutuelles ont dû s'adapter et les complémentaires de santé ont alors essaimé, répondant aux besoins de prévoyance et d'assurance de la nouvelle société. Aujourd'hui, dans une société où les parcours de vie se sont complexifiés, les demandes d'autonomie et de protection de la part des citoyens sont élevées. Le principe de mutualisation des risques s'est ainsi étendu à de nombreux domaines : santé, habitat, mobilité, éducation, épargne, dépendance, inclusion, environnement... Et il s'applique non seulement au moment de la réparation des dommages, mais aussi, en amont, au temps de la prévention et, en aval, au temps de la réparation et de l'accompagnement des personnes. Ainsi, si l'idée générale reste à peu près inchangée, les manières de comprendre et d'appliquer le principe de mutualisation ont évolué, tout comme les mentalités, au gré des transformations sociales, économiques, politiques ou culturelles.

PAS DE SOCIÉTÉ SANS MUTUALISATIONS

Mais justement : quelle est l'idée générale que véhicule le concept de « mutualisation » ? L'étymologie nous renseigne : mutualisation (ainsi que les mots de la même famille comme mutualisme, mutualité, mutuel...) viendrait du latin « mutuus », qui signifie « prêté », « échangé ». De fait, la mutualisation évoque des rapports de réciprocité : une mise en commun de moyens (humains, matériels, financiers, logistiques), une répartition à parts égales des frais et des risques, une collaboration dont chacun serait bénéficiaire.

À bien y regarder, la mutualisation est un principe d'organisation fondamental à l'œuvre dans de très nombreux domaines, souvent sous d'autres noms. Dans la nature, les phénomènes de pollinisation, de fécondation croisée, de relations symbiotiques entre différents animaux ou entre animaux et plantes permettent à la vie de se perpétuer dans son incroyable richesse et diversité – les biologistes parlent en l'occurrence explicitement de phénomènes de « mutualisme ». De même, une société humaine ne peut fonctionner sans coopération de ses membres, ni sans mise en commun de ses ressources fondamentales. Par exemple, il n'est guère de société sans savoir (technique, scientifique, juridique...) et il n'est guère de savoir sans efforts concertés pour le produire et le transmettre. L'école, l'université, la recherche sont des institutions qui reposent sur le principe de mutualisation du savoir: chaque génération bénéficie de l'accumulation du savoir réalisée par les générations précédentes et contribue en contrepartie à l'élargissement de ce savoir. Les services publics en général sont des formes de mutualisation d'expertises, de services et de prestations: les citoyens financent par leurs impôts un certain nombre de biens jugés fondamentaux (santé, éducation, énergie, transports, infrastructures...) et peuvent en retour en être les bénéficiaires. Sur le plan international, le système multilatéral, incarné par l'ONU et ses agences, est lui aussi fondé sur une logique de mutualisation: en sortant de la logique de puissance et en acceptant de coopérer, les États réalisent des économies d'échelle, limitent les coûts d'accès à l'information et à l'expertise, réduisent les incertitudes liées aux négociations bilatérales et ouvrent l'accès à différents biens collectifs. Surtout, ils se donnent la chance de résoudre des problèmes qu'ils ne pourraient de toute façon résoudre seuls (efforts de paix, soutien au développement, adaptation aux dérèglements climatiques...)

UNE RELATION GAGNANT-GAGNANT

Ainsi, si les rivalités, les luttes d'intérêts et les tentatives d'appropriation des ressources demeurent des constantes de l'histoire humaine, elles coexistent avec d'autres logiques, tout aussi anciennes et tout aussi puissantes, des logiques de coopération, d'entraide, de solidarité, de mutualisation. Précisons ici que ces notions ne se confondent pas avec l'altruisme et le désintéressement. Certes, la démarche de mutualisation peut s'appuyer sur des valeurs morales et l'on peut considérer qu'il est moralement préférable de s'entraider plutôt que d'être indifférent au sort des autres. Mais mutualiser, c'est aussi penser à soi et à ses intérêts, c'est être pragmatique et réaliste, c'est comprendre qu'il y a souvent plus d'avantages à coopérer qu'à faire cavalier seul. Mutualiser, c'est être dans une relation gagnant-gagnant. Voilà un argument important à opposer à ceux qui considéreraient le mutualisme comme un idéalisme ou un angélisme. Le mutualisme peut savoir réconcilier morale et performance.

MUTUALISATION DES RISQUES

Pour un assureur, la mutualisation a le sens particulier de « mutualisation des risques ». Mutualiser des risques, cela signifie partager des éventualités, des aléas, donc par définition des événements dont on ne peut prévoir ni la survenue ni la gravité... Il y a derrière ce dispositif une certaine conception de la justice et de la vulnérabilité humaine: nous reconnaissons que l'aléa, l'accident, la catastrophe ne dépendent pas du mérite, des efforts ou de la responsabilité individuelle mais sont susceptibles de toucher n'importe qui. Il est donc juste de partager les risques, c'est-à-dire de faire en sorte qu'ils se compensent et que le coût de ces aléas qui nous menacent tous et frappent au hasard quelques-uns soit équitablement réparti.

Aux exigences d'humanité et de justice s'ajoute un défi technique. Pour être tenable, techniquement et financièrement, la mutualisation doit en effet répondre à plusieurs conditions: d'abord, les risques doivent être *homogènes*, de même nature, avec les mêmes chances de se réaliser afin que l'on puisse prévoir la fréquence de leur réalisation et estimer leurs coûts moyens; ensuite, les risques doivent être *dispersés* dans le temps et l'espace: les regrouper au même endroit auprès d'une même population pourrait, par exemple en cas de catastrophe naturelle, fragiliser l'assureur et empêcher leur compensation; enfin, les risques doivent être *divisés*: un sinistre trop important pourrait menacer le principe même de mutualisation. Pour anticiper ces risques trop lourds pour un seul assureur, des mécanismes ont du reste été mis en place: la co-assurance (partage proportionnel du risque entre plusieurs acteurs) et la réassurance (opération par laquelle une société d'assurance elle-même se réassure).

UNE DOCTRINE D'AVENIR

À la fois prouesse technique et levier de justice sociale, la mutualisation des risques est, quand on prend un peu de recul, une trouvaille étonnante et un mécanisme de solidarité assez génial! Mais elle touche à ses limites lorsque les déséquilibres se multiplient et que les « mégarisques » causés par des événements climatiques extrêmes bouleversent la donne.

Les défis sociaux, sociétaux et environnementaux sont aujourd'hui immenses: la Terre brûle, le vivant se déchire, le tissu social et politique se fracture sous l'effet des inégalités persistantes et des revendications identitaires, la révolution numérique crée des mondes alternatifs et des communautés segmentées où chacun possède sa propre vérité... Réparer le vivant, faire société, créer du lien par-delà les différences: ces objectifs si essentiels ne seront pas atteints par moins de mutualisations, mais par plus de mutualisations: des mutualités nouvelles, originales, ingénieuses, efficaces.

Le mutualisme et plus généralement l'économie sociale et solidaire se sont développés au XIXe siècle pour faire face aux défis sociaux et économiques inédits posés par la révolution industrielle. Deux siècles plus tard, le concept de mutualisation est plus que jamais opératoire. Il a démontré au fil du temps sa force plastique, sa formidable capacité d'adaptation à des situations nouvelles. Mobilisons ce concept pour penser de nouvelles formes de solidarités et trouver des réponses concrètes. Examinons s'il ne constitue pas l'alternative théorique et pratique la plus pertinente aux formes déréglées du capitalisme. Et s'il existaient de nouvelles formes de mutualisations? Et si nous faisions du concept de mutualisation un idéal programmatique?

LA MUTUALISATION, UNE IDÉE AU LONG COURS

Timothée Duverger

CODIRECTEUR DE L'OBSERVATOIRE DE L'EXPÉRIMENTATION ET DE L'INNOVATION LOCALES DE LA FONDATION JEAN-JAURÈS, AUTEUR DE *L'ÉCONOMIE SOCIALE ET SOLIDAIRE* (LA DÉCOUVERTE, 2023)

LA MUTUALISATION DÉSIGNE « L'ACTION DE MUTUALISER, RÉPARTIR SOLIDAIREMENT PARMI LES MEMBRES D'UN GROUPE OU DE METTRE EN COMMUN », SELON *LE ROBERT*.

Elle renvoie ainsi à la capacité d'un groupe à s'organiser autour de ressources communes, ce qui passe par la réciprocité comme l'indique son origine latine *mutuum* dont elle est la traduction. C'est même au fondement de tout groupe social, puisque le terme *mutuum* est lui-même un dérivé de *munus*, le commun, dans lequel la réciprocité forme le lien de la communauté politique[1]. S'intéresser à la mutualisation revient donc à poser la question de ce qui fait tenir la société et des outils et idées dont elle a besoin pour ce faire.

LA THÉORIE MUTUELLISTE

Il est à ce titre remarquable que le principal théoricien du mutuellisme soit Pierre-Joseph Proudhon, le promoteur de l'anarchisme, qu'il définissait comme « l'ordre sans le pouvoir[2] ». Autrement dit, la société doit créer ses propres institutions. Son analyse part de la critique de la propriété privée, à laquelle il dénie le statut de droit naturel et qu'il accuse de produire un droit d'aubaine pour

1 Émile Benveniste, *Le vocabulaire des institutions indo-européennes, 1. Économie, parenté, société*, Paris, Les Éditions de Minuit, 1969.

2 Pierre-Joseph Proudhon, *Les confessions d'un révolutionnaire pour servir à l'histoire de la Révolution de février*, Paris, La voix du peuple, 1849.

le propriétaire et une inégalité dans l'échange. La société est instituée à partir de la « constitution sociale », c'est-à-dire « l'équilibre des intérêts fondé sur le libre contrat et l'organisation des forces économiques[3] », qu'il distingue du contrat social considéré comme une abstraction politique ignorant les rapports économiques.

Le mutuellisme de Proudhon est fondé sur le principe « service pour service, [...] produit pour produit, prêt pour prêt, assurance pour assurance, crédit pour crédit, caution pour caution, garantie pour garantie, etc. telle est la loi ». De là découle un ensemble d'institutions économiques parmi lesquelles on retrouve « assurances mutuelles, crédit mutuel, secours mutuel, enseignement mutuel; garanties réciproques de débouchés, d'échange, de travail, de bonne qualité et de juste prix des marchandises[4] ».

Ce projet économique repose sur ce que Proudhon nomme la « force collective ». Pour la saisir, il prend le célèbre exemple de l'obélisque érigé en 1836 sur la place de la Concorde : « Deux cents grenadiers ont en quelques heures dressé l'obélisque de Louqsor sur sa base; suppose-t-on qu'un seul homme en deux cents jours, en serait venu à bout[5] » ? Le capitaliste ne s'acquitte que du paiement de journées individuelles, mais non de la force produite par le collectif. Or, si le tout est supérieur à la somme des parties, il est nécessaire de construire des institutions qui lui correspondent.

Pour Proudhon, le social précède le politique. Mais, loin d'écarter toute organisation politique, cette préséance l'amène à concevoir le principe fédératif[6]. Sa racine latine, *Foedus*, signifie le contrat, ce qui permet à Proudhon de relier l'anarchisme au fédéralisme. Le mutuellisme l'amène ainsi à concevoir un système fédéral, dont la source du pouvoir se trouve dans l'autonomie des groupes de base, à commencer par la commune et l'atelier. Dans ce système en réalité double, à la fédération agricole-industrielle correspond la fédération politique. Cette démocratie à la fois économique et politique, construite par en bas et fondée sur la subsidiarité, ne culmine dans l'État que pour y trouver une instance de coordination et se prolonge, au niveau international, au moyen de confédérations.

Cette théorie mutuelliste trouve l'un de ses principaux débouchés dans le droit social, dont Georges Gurvitch a fixé le contenu[7]. C'est un droit autonome, autoproduit par la société, dans lequel les pratiques collectives sont génératrices d'idées, qui elles-mêmes se déclinent en règles. S'ils sont intégrés dans des

3 *Ibid.*

4 Pierre-Joseph Proudhon, *De la capacité politique des classes ouvrières*, Paris, E. Dentu, 1865.

5 Pierre-Joseph Proudhon, *Qu'est-ce que la propriété ? Ou recherches sur le principe du droit et du gouvernement. Premier mémoire*, Paris, À la librairie de Prévot, 1841.

6 Pierre-Joseph Proudhon, *Du principe fédératif et de la nécessité de reconstituer le parti de la révolution*, Paris, E. Dentu, 1863.

7 Georges Gurvitch, *L'idée du droit social : notion et système du droit social : histoire doctrinale depuis le XVIIe siècle jusqu'à la fin du XIXe siècle*, Paris, Librairie du Recueil Sirey, 1931.

collectifs qui les arrachent à leur particularité, les individus n'en sont pas pour autant dissous et maintiennent leur singularité. De même, cette conception décentralisée de la société n'aboutit pas au désordre, mais à un pluralisme social où les groupes coexistent et même concourent à une œuvre commune.

LE RÉENCASTREMENT DE L'ÉCONOMIE

Si le projet proudhonien ne l'a pas emporté, y compris au sein du socialisme et de l'Internationale ouvrière où il a été supplanté par le collectivisme, on en trouve des traces dans l'économie sociale et solidaire.

La notion même de mutualité a donné corps à de puissants mouvements. Dès les années 1830, succédant aux anciennes organisations de compagnonnage ou confréries, les sociétés de secours mutuel se développent pour répondre à l'érosion des solidarités villageoises et aux nouveaux besoins urbains, autour de fonctions de secours, de sociabilité, de moralisation, voire de résistance quand elles portent des activités pré-syndicales[8]. Cette origine associationniste a cependant laissé place d'abord à des organisations notabilisées, notamment sous Napoléon III qui a développé des institutions d'encadrement social à travers les sociétés dites « approuvées », mais aussi bureaucratisées lorsqu'est instauré en 1928-1930 le régime obligatoire des assurances sociales, dont les caisses étaient pour l'essentiel gérées par la mutualité.

C'est qu'il convient désormais de composer avec l'ascension de l'État social, tandis que la population a de plus en plus accès à la protection sociale comme au crédit ou à la consommation. Le solidarisme, qui donne alors sa doctrine sociale à la IIIe République, a confié une place centrale à la mutualité dans la protection sociale. Elle a conduit à son institutionnalisation avec le vote de la charte de la mutualité en 1898, puis la création de la fédération nationale de la mutualité française (FNMF) en 1902. C'est également à la fin du XIXe siècle que se développe le crédit populaire à travers le crédit mutuel, le crédit agricole ou les banques populaires[9]. Dans le domaine de l'assurance des biens qui relevait historiquement des assureurs privés, c'est le monde de l'Éducation nationale qui a créé à Niort en 1934 la première mutuelle assurance, à l'initiative et à destination des instituteurs (Maif). Cette mutualité niortaise s'est ensuite diffusée aux artisans en 1950 (Maaf) puis aux commerçants et aux industriels en 1960 (Macif)[10].

Mais c'est plus largement dans le champ de l'économie sociale et solidaire (ESS) que ce projet a trouvé à se déployer. La construction politique de l'ESS pourrait fournir la matrice d'un nouveau régime socio-économique, à condition

---

8 André Gueslin, *L'invention de l'économie sociale. Le XIXe siècle français*, Paris, Economica, 1987.

9 Olivier Chaïbi, « Le "crédit des travailleurs" : un aperçu du crédit populaire en France de 1848 à 1914 », *Vie sociale*, n° 7, 2014/3, p. 13-29.

10 Patricia Toucas-Truyen, *Histoire de la mutualité et des assurances. L'actualité d'un choix*, Paris, Syros/Mutualité française, 1998.

toutefois de développer ses propres synergies entre production, consommation, distribution, crédit et assurance pour atteindre une masse critique et imposer son mode de coordination à l'économie[11]. Compter sur ses seules forces risque cependant de ne pas suffire. Une littérature abondante atteste des tendances à la banalisation de l'ESS dans un contexte d'autorégulation du marché, tandis que les coopérations entre ses composantes, si elles existent notamment à l'échelle des territoires, restent trop peu développées.

Dans un monde de plus en plus complexe, où la division sociale du travail s'est considérablement approfondie, il apparaît ainsi indispensable de concevoir de nouvelles régulations susceptibles de réencastrer le marché dans la société à partir de coalitions entre les acteurs publics et les acteurs de l'ESS. Face aux nouveaux risques, qu'ils concernent l'écologie, le travail ou le numérique, le principe de mutualisation garde toute son actualité pour refonder le commun. Karl Polanyi évoquait à ce titre un contre-mouvement de protection sociale, visant à préserver l'homme et la nature face au libéralisme économique[12]. Si on l'a, à tort, souvent ramené à la promotion exclusive de l'intervention étatique, il considérait que le réencastrement passait également par les formes organisées de la société civile.

La mutualisation, comme principe actif, doit ainsi se réinventer et se développer à plein pour permettre de reconsidérer le rôle de l'ESS dans l'organisation de nos sociétés. Loin de devoir être réduite à un rôle d'amortisseur de crises, cette économie autrement pourrait alors proposer un double mouvement de démocratisation de l'économie et du politique à partir de l'engagement citoyen.

---

11 Robert Boyer, *L'économie sociale et solidaire : une utopie réaliste pour le XXIe siècle ?*, Paris, Les Petits Matins, 2023.

12 Karl Polanyi, *La grande transformation : aux origines politiques et économiques de notre temps*, Paris, Gallimard, 2009.

DE NOUVELLES FRACTURES QUI APPELLENT DE NOUVELLES MUTUALISATIONS

Benoît
Hamon

PRÉSIDENT D'ESS FRANCE

L'ÉCONOMIE SOCIALE ET SOLIDAIRE SE MUE FRÉQUEMMENT EN « LANCEUSE D'ALERTE ». ELLE TIRE LA SONNETTE D'ALARME FACE À LA DISLOCATION SOCIALE ET DÉMOCRATIQUE DE LA FRANCE, À L'URGENCE ÉCOLOGIQUE OU ENCORE DEVANT LA MODIFICATION DES CONDITIONS SOCIO-ÉCONOMIQUES DES PLUS VULNÉRABLES.

Évidemment, l'ESS ne se contente pas d'avertir: elle agit. Dans bien des territoires, elle incarne le premier kilomètre de l'intérêt général, elle encapacite les populations, et déploie son incomparable pouvoir d'innovation sociale. Elle mobilise des millions de femmes et d'hommes bénévoles, salariés et entrepreneurs qui veulent faire de l'humain le pivot de la société et de l'économie. Dans son action quotidienne, elle est témoin des multiples fractures qui fragilisent notre communauté nationale. Ces fractures, qu'elles soient anciennes ou nouvelles, ne cessent d'évoluer dans leurs manifestations et la profondeur des crises qu'elles suscitent.

Si l'on en croit les sondages d'opinion, la première de ces fractures est le pouvoir d'achat, sujet de préoccupation qui supplante tous les autres selon les Français devant la menace terroriste, l'avenir de l'école ou encore la dette publique[1]. Au-delà de cette inquiétude légitime, l'actualité de notre démocratie est marquée par l'expression d'une forte colère, qui ne semble pas trouver d'issue dans réponses politiques et institutionnelles habituelles. Nous

1 « Fractures françaises »: un pays où progressent le déclinisme, la colère et l'attrait pour l'extrême droite », *Le Monde*, 9 octobre 2023.

pouvons citer la réforme des retraites et sa contestation forte et unanime par l'ensemble des corps intermédiaires, la crise dite des Gilets jaunes ou les émeutes de juillet 2023. Le sentiment que le système politique est indifférent aux mobilisations citoyennes couplé au recul des services publics de proximité alimente cette colère et le sentiment d'un déclassement individuel et d'un déclin collectif.

Dans ce contexte politique, âpre, incertain et menaçant, que peut et que fait l'ESS ? Elle produit et mobilise des ressources pour réparer nos fractures. Elle constitue un réservoir incroyable d'innovation sociale pour répondre aux besoins des Français qui ne sont satisfaits ni pas le marché, ni par le service public. Elle est aussi un précieux réservoir d'expériences démocratiques. L'ESS propose des modèles coopératifs, mutualistes et associatifs dont la gouvernance tranche avec la « verticalité » des entreprises privées conventionnelles et de la puissance publique. L'ESS est marquée par le partage des responsabilités et le refus que la décision stratégique dans l'entreprise soit le monopole d'une seule partie prenante, en règle générale : l'actionnaire. Cela donne à l'ESS une légitimité incomparable pour parler aux Français de démocratie.

NOUVELLES FRACTURES, NOUVELLES FACTURES : DE L'IMPORTANCE DE MUTUALISER LES RESSOURCES

Le projet émancipateur de la mutualisation se fonde sur une véritable solidarité économique des adhérents. Partager un risque, un investissement, un service. Le partager pour en supporter la charge plus facilement qu'une personne seule. Cette notion, issue des combats pionniers des militants mutualistes pour une société de la prévoyance et de la protection au XIXe siècle, a abouti à des réalisations considérables. Les mutuelles permettent au plus grand nombre de vivre plus longtemps en bonne santé, elles accompagnent des adhérents en difficulté au-delà des engagements contractuels, financent la prévention et les solidarités.

Loin des pratiques autoritaires qui divisent les Français et abîment la cohésion sociale et la République, ou des tentations prédatrices de l'économie lucrative, la mutualisation crée des relations de solidarité entre les participants, où la force du nombre profite à chacun. Ses pratiques sont à l'opposé des replis individualistes et xénophobes, elles démontrent que le lien social renforce chaque partie prenante et que la somme de ces liens rend nos sociétés plus fortes.

Les fractures évoluent, leur coût économique, environnemental, social aussi. Il est donc logique que de nouvelles mutualisations se développent et fassent modèle à leur tour, que cette notion continue d'impulser des schémas d'organisation économiques inédits. De la crise agricole à celle du sens au travail, les nouvelles mutualisations sont de véritables leviers de changement et de progrès pour toute la société.

L'ESS continue d'être le berceau de ces nouvelles protections face aux défis contemporains.

On peut citer le modèle des coopératives d'activité et d'emploi (CAE) dont la loi de 2014 a défini le cadre légal de fonctionnement. Constituées sous forme de SCOP ou de SCIC, les CAE permettent d'apporter une véritable sécurité à des entrepreneurs qui n'en auraient pas bénéficié en restant isolés. En effet, les CAE proposent le statut « d'entrepreneur salarié » qui permet de percevoir un salaire et de bénéficier de la couverture sociale à laquelle un salarié a droit. La différence est très concrète pour les entrepreneurs, les artisans indépendants, les acteurs culturels qui choisissent de faire partie d'une CAE : ils jouissent d'un cadre juridique, d'un statut d'entrepreneur-salarié en CDI, d'une gestion administrative de l'activité (comptabilité, calcul et versement des salaires, obligations fiscales et comptables), de l'information sur les risques et la sécurité dans l'exercice de leur travail. Plus encore, les CAE sont des espaces de lien avec les autres entrepreneurs-salariés, permettant de rompre avec une solitude au travail que de nombreux autoentrepreneurs subissent. Il y a également la possibilité de participer au projet collectif de la CAE en étant sociétaire de celle-ci. Les services mutualisés proposés par les CAE sont un exemple des atouts de l'ESS face aux mutations des formes d'activités économiques alors que, fin juin 2023, les Urssaf dénombrait 2,715 millions d'autoentrepreneurs (AE) administrativement actifs en France[2]. De plus, selon le Baromètre de la prévoyance 2023 réalisé par le groupe Vyv, près d'un tiers des travailleurs indépendants ont déjà renoncé à des dépenses d'assurance[3].

Une autre forme récente de mutualisation initiée par l'ESS, ce sont les Pôles territoriaux de coopération économiques (PTCE). Le plus souvent, ils se constituent là où l'environnement socio-économique est marqué par l'incertitude, là où émergent les besoins sociaux non satisfaits par l'économie conventionnelle ou le service public et enfin là où la mutualisation est nécessaire pour une réponse à la hauteur. Ils rassemblent des acteurs économiques de l'ESS autour d'un projet économique et social commun. Les PTCE sont des leviers de développement local, de cohésion territoriale et de création d'emplois pérennes non délocalisables. Ils sont aussi un trait d'union avec les acteurs publics, des acteurs de l'économie conventionnelle implantés localement, ou le monde de la formation et universitaire.

On peut mentionner à titre d'exemple, le PÔPE : PTCE depuis 2015, il regroupe un collectif d'associations de garde d'enfants en Seine-Saint-Denis, qui tente de répondre au problème de recrutement et de sens au travail dans le domaine de la petite enfance, et offre une alternative

2 « Les autoentrepreneurs fin juin 2023 », Urssaf, 26 janvier 2024.
3 « Baromètre 2023 de la prévoyance », Groupe Vyv.

concrète aux offres de crèche et de garde proposées par les acteurs lucratifs, peu adaptées aux difficultés économiques rencontrées par la population. Mutualiser les moyens notamment en matière de gestion des ressources humaines et administratives, c'est permettre aux acteurs de l'ESS de répondre ensemble à des appels d'offres et de proposer un projet approprié et utile aux habitants d'un territoire.

Une autre forme de mutualisation réside dans le mécénat de compétences. Pour l'organisme bénéficiaire, c'est une aide utile sur des fonctions non couvertes. Il existe en effet d'innombrables associations dont le développement suppose une professionnalisation rapide de l'encadrement et qui peinent à y faire face. D'autre part, le mécénat de compétences répond à une quête de sens des salariés, il encourage les entreprises (de toutes tailles) à une plus grande responsabilité vis-à-vis de ce qui se joue autour d'elles. Fondations, associations : elles sont nombreuses à bénéficier du mécénat de compétences d'entreprises locales dans les territoires où elles agissent. Cela renforce leurs liens avec les parties prenantes locales et c'est un outil de consolidation d'une culture philanthropique. De plus le mécénat de compétences peut avoir lieu entre des entreprises de l'ESS elle-même, renforçant la solidarité qui fonde nos modèles.

MUTUALISER LES MUTUALISATIONS

Nous avons exploré plusieurs exemples de « nouvelles mutualisations », mais cette liste n'est pas exhaustive. Elle a aussi vocation à amplifier l'existant, à polliniser l'ensemble de l'économie.

Dans le contexte vertigineux de la crise climatique, l'humanité doit réagir, et s'adapter. L'ESS peut être la voie permettant de proposer les formes de mutualisation adéquates, mobiliser des forces collectives, et le faire sans attendre, face à la passivité et à l'inaction de nombreux acteurs.

Plus prosaïquement, pour faire face à la réduction des crédits publics qui financent les acteurs de la solidarité ou pour lutter contre la criminalisation symbolique par l'extrême droite des organisations engagées dans l'inclusion, l'éducation populaire, la culture et la citoyenneté, nous aurons besoin que l'ESS organise de nouvelles solidarités et utilise ses ressources pour compenser la paupérisation volontaire de l'ESS par la puissance publique, que ce soit pour des raisons politiques ou budgétaires.

Il est temps d'instaurer une préférence pour l'ESS au sein de l'ESS elle-même. Que les acteurs de l'ESS privilégient eux-mêmes d'autres acteurs de l'ESS dans leur développement et nous engagerons sans tarder le changement d'échelle de l'ESS, sans avoir attendu que les planètes publiques, ô combien imprévisibles et indécises, s'alignent un jour.

CAHIER DE TENDANCES

FACE À DIX FRACTURES MAJEURES, VINGT REGARDS EXPERTS POUR RÉINVENTER LES MUTUALISATIONS

20 REGARDS

FAIRE FACE ENSEMBLE À L'ÉCO-ANXIÉTÉ

Marianne Tordeux-Bitker

MEMBRE DU CONSEIL ÉCONOMIQUE SOCIALE ET ENVIRONNEMENTAL (CESE), RAPPORTEURE DE *INÉGALITÉS, POUVOIR D'ACHAT, ÉCO-ANXIÉTÉ, AGIR SANS ATTENDRE POUR UNE TRANSITION JUSTE*, LE RAPPORT ANNUEL 2023 SUR L'ÉTAT DE LA FRANCE DU CESE.

L'éco-anxiété est une sensation d'anxiété qui se manifeste par un sentiment de peur et de désespoir face aux changements climatiques, à la perte de biodiversité et aux catastrophes naturelles. Introduite et théorisée en 1997 par la chercheuse en santé publique Véronique Lapaige, l'éco-anxiété n'a cependant toujours pas de définition au niveau international. Cette forme d'anxiété, alimentée par les rapports scientifiques alarmants et les catastrophes naturelles de plus en plus fréquentes, impacte non seulement la santé mentale des personnes mais aussi leur qualité de vie. La mutualité doit et peut offrir des solutions collectives et innovantes pour atténuer les effets de l'éco-anxiété et créer des communautés plus résilientes.

L'ÉCO-ANXIÉTÉ À SON PLUS HAUT NIVEAU JAMAIS MESURÉ EN FRANCE

Dans une enquête réalisée en septembre 2023 par le Conseil économique, social et environnemental (CESE) pour son rapport annuel sur l'état de la France 2023[1], près de huit Français sur dix expriment un sentiment fort d'anxiété face aux dérèglements climatiques. Il s'agit du niveau le plus élevé jamais mesuré dans une étude en France. L'éco-anxiété devient un véritable sujet de société.

Comment se traduit-elle, concrètement, dans la vie et le moral des Français ? L'éco-anxiété est citée comme le troisième frein au sentiment de bien-être (32 %) quasiment au même niveau que le manque de temps et d'argent (35 %). Auprès des seniors de 70 ans et plus, c'est même le premier thème cité (39 %) devant leurs problèmes de santé (35 %). Cette prise de conscience

1 Marianne Tordeux-Bitker, *Inégalités, pouvoir d'achat, éco-anxiété. Agir sans attendre pour une transition juste*, Rapport annuel sur l'état de la France, Conseil économique, social et environnemental, 2023.

environnementale a des conséquences sur le moral des Français : seul un quart des Français (25 %) est optimiste au sujet de l'avenir de la planète et de la nature. C'est même le domaine étudié où les sondés sont le plus pessimistes (74 %, 1 % ne se sont pas prononcés). Un pessimisme encore plus marqué auprès des personnes inquiètes des conséquences du dérèglement climatique pour eux et leur famille (83 %), la France (82 %) ou le monde (81 %).

LES ATTENTES DES FRANÇAIS VIS-À-VIS DU COLLECTIF

Le CESE a mesuré que ce phénomène se double d'un fort sentiment de frustration. Près de 90 % des Français se disent « prêts à agir » pour limiter leurs impacts environnementaux. Ils sont déjà nombreux à avoir engagé des « petites » actions, qui demandent un faible investissement financier comme l'adoption de geste de l'économie circulaire ou la baisse de la température des logements. Toutefois, près de 37 % des Français interrogés citent le manque de moyens financiers comme principal frein à envisager des solutions véritablement impactantes, comme l'engagement de la rénovation thermique des logements ou la mobilité décarbonée. Le pouvoir d'achat des ménages, qui est déjà central dans la vie des Français, accentue le sentiment d'éco-anxiété.

Pour les Français et les Françaises, l'effort et la mobilisation pour engager la transition environnementale doivent être partagés. Pour 33 % d'entre eux, la bonne échelle d'action est l'action collective : tout le monde doit agir. L'action étatique – du gouvernement, de l'Etat, des élus, des collectivités ou des politiciens – est citée en deuxième position par 28 % des Français, avant l'action attendue par les entreprises (pour 17 % des Français).

S'agissant des entreprises justement, un récent avis du CESE, « Mobiliser les acteurs du travail et de l'emploi pour réussir la planification écologique »[2], souligne les attentes des travailleurs vis-à-vis de leur employeur, et l'importance d'impliquer tous les travailleurs dans la transition écologique. Dans le sondage réalisé, 80 % des répondants ont exprimé leur préoccupation quant aux enjeux environnementaux et à leur impact sur le travail, mais seulement 35 % ont indiqué que ces sujets figuraient effectivement à l'ordre du jour dans leur milieu professionnel. Les résultats de cette enquête montrent un écart significatif entre les préoccupations des travailleurs et les actions entreprises, soulignant la nécessité d'une mobilisation accrue et de mesures concrètes pour intégrer ces enjeux dans les politiques internes des entreprises.

2 Claire Tutenuit et Pascal Mayol, *Mobiliser les acteurs du travail et de l'emploi pour réussir la planification écologique*, CESE, 2024.

LES RESSOURCES DE LA MUTUALITÉ POUR ATTÉNUER L'ÉCO-ANXIÉTÉ

Plusieurs solutions, centrées sur la résilience intérieure, le soutien social, l'action collective[3] et la mutualisation des ressources, des savoirs et des efforts, peuvent contribuer à transformer l'anxiété individuelle en action collective et atténuer l'éco-anxiété. Par exemple, des groupes de discussion sur l'éco-anxiété offrent un espace où les individus peuvent partager leurs craintes et trouver du réconfort dans une communauté empathique. Des initiatives comme « Carbon Conversations » et « The Work that Reconnects » favorisent ainsi une dynamique collective et une prise de conscience écologique.

L'action collective, à travers des mouvements écologiques ou des projets communautaires, peut transformer l'anxiété vers des initiatives concrètes et donner un sentiment de contribution positive. Par exemple, l'organisation de formations communautaires sur la prévention des risques ou la gestion des situations d'urgence peut renforcer les capacités locales à réagir efficacement lors de crises majeures, et réduire le sentiment d'impuissance. Les coopératives énergétiques[4], où des communautés investissent ensemble dans des énergies renouvelables, réduisent les émissions de carbone, renforcent aussi la cohésion sociale et donnent aux membres un sentiment de contrôle sur leur impact environnemental.

En adoptant des pratiques durables et en investissant dans des projets communautaires, la mutualité peut devenir un acteur majeur de la transition écologique. Faire face à l'éco-anxiété nécessite une approche collective et intégrée, où la mutualité, qu'il s'agisse de mutuelles nationales, régionales ou locales, pourrait jouer un rôle central, afin de transformer l'éco-anxiété en un moteur d'action positive et collective.

---

3 Pauline Baudon et Liza Jachens, « A Scoping Review of Interventions for the Treatment of Eco-Anxiety », *Int J Environ Res Public Health*, 18 (18), septembre 2021.

4 Antoine Fontaine, « L'essor des coopératives énergétiques citoyennes », *Multitudes*, vol. 4, n° 77, 2019, p. 88-93.

UN MODÈLE ÉQUITABLE DE SANTÉ

Éric
Chenut

PRÉSIDENT
DE LA MUTUALITÉ FRANÇAISE

NOTRE PAYS DOIT FAIRE FACE À UNE DOUBLE INJONCTION, RÉPONDRE À L'URGENCE DE L'ACCÈS EFFECTIF AUX SOINS ET ENGAGER LES RÉFORMES STRUCTURELLES POUR RÉPONDRE AUX CONSÉQUENCES ÉPIDÉMIOLOGIQUES, ÉCONOMIQUES ET SOCIALES DE LA TRIPLE TRANSITION DÉMOGRAPHIQUE, ENVIRONNEMENTALE ET NUMÉRIQUE.

Ces transitions sont vectrices de risques nouveaux et d'incertitude. Il s'agit tout d'abord d'une transition écologique. Le réchauffement climatique entraîne de multiples effets sur la santé, parfois en lien avec l'environnement de travail. Il induit également une évolution des modes de production et de consommation. Il s'agit ensuite d'une transition démographique, dont les déterminants et la trajectoire sont prévus, modélisés par le vieillissement de la population, et dont les conséquences en termes de besoins sociaux sont prévisibles, mais pour laquelle les réponses tardent à venir. Il s'agit enfin d'une transition numérique, vectrice de risques nouveaux comme d'opportunités concrètes mais qui reste mal appréhendée. En effet, le numérique peut, en fonction de l'intention, permettre de segmenter les populations et de tarifer individuellement les risques, ou alors favoriser la personnalisation des prises en charge et des programmes de prévention pour adapter les accompagnements aux besoins des personnes.

Après plus de trente ans de régulation comptable, d'hyperréglementation, d'arbitrages aussi inadéquats qu'injustes, fruits d'une gestion court-termiste induite par le projet de loi de financement de la Sécurité sociale, force est de constater que notre modèle connaît de graves carences. Avec aujourd'hui un débat politique qui se limite à la seule copie proposée par le gouvernement, débattue dans des délais contraints et avec comme perspective la seule annuité budgétaire, il n'est pas possible d'avoir un vrai débat démocratique sur les objectifs des politiques publiques, d'associer les acteurs intervenant dans le système de santé et de protection sociale et donc de construire des réponses de moyen et de long terme.

Les difficultés d'accès aux soins se renforcent pour l'ensemble des territoires, le temps médical disponible diminue et les métiers du soin et du lien font face à un profond déficit d'attractivité. De même, les équilibres économiques des établissements et services sanitaires et médico-sociaux du public comme du privé solidaire sont plus que fragilisés.

Dans un système par répartition comme le nôtre, la confiance est absolument essentielle. Les équilibres durables sont gage de cette confiance, et indispensables pour répondre dans la durée à l'évolution des besoins. Cela touche à la nature même du contrat social. Nous devons donc sortir au plus vite de la spirale mortifère du « définancement » de la Sécurité sociale dans laquelle nous sommes engagés depuis bien trop longtemps. Mesurons qu'en dix ans les exonérations sont passées de 27 à 88 milliards d'euros annuels. Depuis trois ans, avec la remise en cause de la compensation intégrale par l'État des exonérations au détriment de la Sécurité sociale, il manque chaque année près de 3 milliards d'euros de recettes dans les comptes sociaux.

Le manque de vision sur l'investissement dans notre système de santé et de protection sociale est contreproductif. Il empêche de gérer correctement le risque et de faire des choix d'investissements utiles, par exemple sur la prévention. Par ailleurs, la logique du rabot budgétaire pour réduire la dépense facilite la création de niches pour certains acteurs lucratifs qui vont financiariser les activités au détriment du service rendu, des conditions d'accueil des usagers et assurés sociaux, et de la qualité de vie et des conditions de travail des personnels et des professionnels de santé.

Pour restaurer durablement les équilibres économiques du système de santé et le rendre plus efficient, nous devrons déterminer démocratiquement la part de financement à allouer à la protection sociale et sa juste répartition, dans une vision pluriannuelle. Quelle part de richesse voulons-nous attribuer à la protection sociale ? Jusqu'où veut-on aller ? Jusqu'où peut-on aller ? Comment répartir l'enveloppe de manière juste, entre les dépenses socialisées, les dépenses mutualisées et les dépenses assumées par les citoyens ? Il convient également de réinterroger un certain nombre de dépenses quant à leur utilité et leur pertinence.

Notre système dual fondé sur une articulation entre assurance maladie obligatoire et assurance maladie complémentaire, dont les mutuelles sont le premier acteur, a montré sa force et son intérêt. La force du système de santé français est de s'appuyer sur deux typologies d'acteurs aux rôles et aux organisations différents. La Sécurité sociale assure une protection socle qui bénéficie à l'ensemble de la population, avec des financements socialisés à l'appui. Les mutuelles complètent cette protection et apportent des garanties complémentaires qui répondent aux besoins généraux et spécifiques des personnes qu'elles couvrent, notamment en termes de santé, de prévoyance et de dépendance.

Une saine coopération a, au cours des décennies, permis de générer des innovations et des collaborations sur l'effectivité des prises en charge, comme par exemple le tiers payant ou la télémédecine. La régulation comptable restreint drastiquement cette émulation. Par ailleurs, cette hyperréglementation provoque une segmentation du marché de la complémentaire santé (entre actifs et retraités), limitant les possibilités de mutualisation et les solidarités intergénérationnelles. Les encadrements de tarifs limitent la capacité d'innovation et ne facilitent pas la gestion du risque via des investissements en prévention. L'ensemble a pour conséquence de réduire la prise de risque, notamment via des innovations sociales ou de nouvelles prises en charge financières, de même que cela impacte les possibilités des entreprises mutualistes de pouvoir diversifier leurs activités pour couvrir de nouveaux besoins sociaux.

Les mutuelles ne peuvent, ne doivent et ne veulent se résigner à être des payeurs aveugles. Elles se refusent à être coresponsables et cogestionnaires de l'inefficience du système de santé qui ne peut qu'aboutir à un nivellement par le bas du niveau des protections.

Parce qu'on ne peut demander à des acteurs de statuts différents, avec des missions spécifiques, d'agir de manière identique, c'est une nouvelle coopération qui est nécessaire. C'est par une saine émulation que nous innoverons pour répondre aux besoins en matière de prévention, de soin, d'accompagnements, induits par la transition démographique à l'œuvre dans notre pays où quatre, bientôt cinq générations vont coexister. De même, les vies professionnelles plus séquentielles impliquent de réfléchir aux moyens de généraliser la couverture en prévoyance, notamment avec un cadre de négociation contractuel entre les acteurs avec des objectifs partagés et une obligation de moyens.

Les mutuelles pourraient conforter l'approche populationnelle territorialisée en santé publique, en prenant en compte la voix et en renforçant la place des citoyens, assurés sociaux, dans une vraie logique de démocratie en santé ou dans la gouvernance citoyenne des données de santé.

Comme les autres acteurs de l'économie sociale et solidaire, les mutuelles agissent pour apporter des réponses durables aux besoins actuels et émergents. Au regard des trois transitions que nous vivons, elles appellent à recréer des espaces de mutualisation et de nécessaire fabrique du consensus. Fondée sur la confiance commune et réciproque, la coopération entre les acteurs de système de santé, publics, mutuelles, professionnels de santé et représentants des patients permettrait de tracer des perspectives d'évolutions du système, de définir des objectifs partagés, de s'adapter constamment et de contribuer positivement aux communs de la société.

LA MUTUALISATION AU CŒUR DU MÉCANISME DE L'ASSURANCE

Arnaud
Chneiweiss

MÉDIATEUR DE L'ASSURANCE

ON NE SAIT PAS SUR QUI LA FATALITÉ OU LES COUPS DU SORT VONT S'ABATTRE. QUI AURA UN ACCIDENT DE VOITURE, UN DÉGÂT DES EAUX, UN PROBLÈME DE SANTÉ ? QUELLE CARGAISON MARITIME SUBIRA UN ACCIDENT ? POUR FAIRE FACE À CES COUPS DURS PLUS OU MOINS DRAMATIQUES, LES ASSUREURS ORGANISENT UNE MUTUALISATION DES RISQUES : TOUS LES ASSURÉS COTISENT AFIN DE FINANCER L'INDEMNISATION DES QUELQUES-UNS QUI VONT FAIRE FACE À UN SINISTRE.

On connaît les statistiques, qui portent sur le passé. Mais on ne connaît pas par avance les noms et les adresses de ceux qui vont subir un sinistre. Et tant mieux bien sûr, puisque si l'assureur connaissait à l'avance le nom des sinistrés, il se dépêcherait probablement de les résilier !

En assurance, le principe est que quand un risque n'est pas bon, il ne ne faut pas le souscrire. Par exemple, lors d'une catastrophe naturelle, le coût moyen de l'indemnisation d'une habitation est de 8000 euros par dossier, alors que le tarif moyen de l'assurance habitation est de 300 euros. On voit ainsi que ce n'est pas en augmentant le tarif de 10 % qu'on change la nature du problème, puisque le coût de l'indemnisation sera sans rapport avec la petite hausse des prix obtenue.

Ce principe est inchangé depuis « l'invention » de l'assurance (les assurances maritimes à Gênes au XIVe siècle, dit-on souvent) et il a bien servi la croissance des sociétés développées, avec une corrélation entre niveau de vie et développement des assurances.

Cette protection collective est au cœur de nos sociétés développées, que ces systèmes d'assurance soient publics (par exemple en France : la Sécurité sociale) ou privés (les assurances automobiles, habitation, emprunteur…, dont certaines sont obligatoires et d'autres non). Sans ces protections, personne ne souhaiterait posséder une maison par exemple dont la valeur pourrait être entièrement détruite par un incendie ou une inondation.

Cette conception classique de l'assurance repose sur un voile d'ignorance : les assureurs ont des statistiques sur la fréquence et la gravité des accidents de voiture, des dégâts des eaux, des incendies, des événements climatiques ou des arrêts de travail mais ces statistiques portent sur le passé, on ne sait ni qui va être concerné dans les prochains mois ni si ces tendances vont se prolonger de façon linéaire (par exemple en matière d'événements climatiques, il est clair que sur les trente dernières années la sinistralité s'aggrave rapidement).

Et si ce voile d'ignorance se déchirait ? Et si la progression fulgurante des nouvelles technologies et de l'intelligence artificielle permettait de mieux cerner les risques ?

En mettant un boîtier dans la voiture transmettant des informations à l'assureur, on peut mieux apprécier la qualité de conduite de l'assuré (a-t-il une conduite heurtée, respecte-t-il les limites de vitesse ?).

Les connaissances accrues des risques climatiques (érosion du trait de côte, grêle, inondations…) associées à des modèles procédant à de nombreuses simulations permettent de construire des cartographies très précises pouvant conduire à exclure les habitations les plus exposées. Ces modèles peuvent prédire que certaines rues sont plus exposées que d'autres, sans que l'assureur ait à se désengager d'un quartier entier, ou de la commune dans sa globalité.

Le danger pourrait exister alors de voir des acteurs se contenter d'assurer les meilleurs risques (les meilleurs conducteurs, les individus peu susceptibles d'avoir des problèmes de santé, les habitations peu exposées aux périls climatiques…) en proposant aux assurés concernés des tarifs plus bas. Ce qui laisserait la charge aux autres acteurs de conserver les « moins bons risques » en les facturant plus cher, avec le risque que certains ne puissent plus financer leur assurance.

On voit ainsi que l'amélioration des connaissances peut avoir des conséquences ambivalentes. Elle est bien sûr souhaitable pour développer la prévention des risques auprès des populations.

En ayant une connaissance plus fine des périls climatiques, on pourra mieux mettre en garde au moment de l'achat d'une habitation sur les événements susceptibles de la toucher (sécheresse, inondation…). On pourra aussi mieux informer les élus locaux sur les travaux de prévention (digues…) nécessaires.

En suivant mieux la qualité de conduite d'un automobiliste, on pourra lui donner des conseils pour une conduite plus sûre.

Mais à l'inverse, cette connaissance plus individualisée des risques peut poser de redoutables problèmes si elle remet en cause ce principe fondamental de l'assurance qu'est la mutualisation.

Développer la segmentation fine des risques serait un vrai défi pour la cohésion de nos sociétés.

Si l'on prend l'exemple des catastrophes naturelles, nous savons déjà que les Antilles sont des territoires beaucoup plus exposés que ceux de la métropole (risque d'ouragans comme l'a montré la tempête Irma en 2017). Or les habitants des Antilles ne paient pas le vrai coût du risque habitation, qui conduirait à des tarifs hors de portée alors qu'une partie significative de la population n'est déjà pas assurée. Un transfert de richesse – une solidarité – est organisée avec la métropole.

Demain, la connaissance des risques naturels sera extrêmement précise et on dit déjà que certains assureurs se retirent discrètement de certaines zones géographiques (au nom de la liberté du commerce, il n'y a aucune obligation d'être présent sur tout le territoire).

Il est donc essentiel que les pouvoirs publics réfléchissent à des mécanismes incitatifs pour que les assureurs ne soient pas tentés d'aller dans cette direction. Par exemple pour rester sur le cas des catastrophes naturelles, il s'agirait d'offrir des conditions de réassurance dans le cadre du régime public garanti par l'État plus avantageuses pour les assureurs acceptant d'être présents sur l'ensemble du territoire.

Préserver ce principe de mutualisation, souhaitable du point de vue de l'intérêt général, sera un vrai défi car sur un plan individuel assureurs souhaitant maximiser leur profit comme assurés pouvant obtenir des tarifs plus bas seront tentés d'aller dans cette direction permise par les progrès des connaissances.

Ce qui ramène au besoin de régulation publique, afin de corriger quand il le faut les failles du marché.

LE RISQUE ÉCOLOGIQUE AU XXIe SIÈCLE

Lucile
Schmid

VICE-PRÉSIDENTE DU THINK TANK
LA FABRIQUE ÉCOLOGIQUE

L'ÉCOLOGIE PUISE SIMULTANÉMENT AU REGISTRE SCIENTIFIQUE ET SOCIAL. C'EST AUSSI LE CAS DE LA MUTUALISATION.

Notion centrale en biologie, le mutualisme définit une interaction qui procure des bénéfices à deux individus de la même espèce ou d'espèces différentes. On peut y voir une forme de métaphore des bénéfices qu'apporterait à notre société la mutualisation, c'est-à-dire la mise en commun de moyens qu'ils soient humains, économiques, sociaux, ou financiers, alors que les risques écologiques se précisent, s'accroissent, et changent de nature. Mais l'enjeu est plus vaste. La mutualisation, parce qu'elle est une mise en commun, permet de définir un projet et des objectifs collectifs, et de les adosser à une logique de solidarité, et non de seuls moyens. N'est-ce pas justement ce qu'appelle l'urgence écologique? Une vision de long terme, un projet d'ensemble, une quête du bien commun, une autre manière de penser et d'agir dans un esprit de justice qui englobe les plus faibles et affronte nos vulnérabilités ?

Les risques sont désormais très documentés. Selon le Groupe international d'experts sur le changement climatique (GIEC), le rythme d'élévation des températures est le plus rapide depuis 2000 ans. Avec la multiplication des épisodes de sécheresse, l'élévation du niveau des mers et l'accélération de la fonte des glaciers, la moitié de l'humanité vit dans des situations « hautement vulnérables au changement climatique ». Les enjeux sont physiques et géographiques, mais aussi sociaux, et concernent directement les priorités de l'exercice du pouvoir. Aujourd'hui l'écologie est un champ de bataille. Les climatosceptiques relèvent la tête, les inégalités environnementales et sociales se superposent du Sud au Nord, les gouvernements ne trouvent pas le niveau d'ambition nécessaire, et les mouvements activistes sont saisis par la révolte. La bombe climatique est aussi une bombe démocratique.

Comme le rappelait le rapport Pisani-Ferry-Mahfouz en 2023, la transition climatique est par nature inégalitaire. Ceux pour qui la transition sera la plus contraignante, car elle porte sur des besoins essentiels (logement, transports, alimentation), sont les classes populaires. On le sait depuis les Gilets jaunes, le coût économique de la transition ne sera accepté que s'il est équitablement réparti. Ce constat n'a pas conduit les responsables politiques à agir, il les a tétanisés. Aucune bifurcation substantielle n'est sensible dans les politiques publiques. C'est même l'inverse, la tendance à opposer le social et l'écologie s'est accrue, et les populistes se sont engouffrés dans la brèche.

Nous avons besoin d'une transition juste. Nous avons besoin aussi d'envisager autrement des fondamentaux de la vie en commun. Au premier chef la propriété, la relation à l'argent et les savoirs. Mais aussi encore, d'élargir la perspective démocratique pour donner à la nature la place qui lui revient. Ce sont des changements vertigineux qui réclament de la détermination certes, mais surtout une modification profonde des manières de voir et d'agir. Mutualiser les connaissances, mutualiser les énergies, mutualiser les succès et les échecs pour organiser un monde vivable dans les dix années qui viennent.

Il existe déjà des signaux positifs. La mutualisation est sensible dans les usages, lorsque l'autopartage se développe ou que les éco-lieux permettent le développement d'un projet commun de vie autour d'un habitat. Elle inspire directement l'approche low-tech, désormais enseignée dans les écoles d'ingénieurs, qui prône un usage des technologies sobre, appuyé sur l'innovation sociale. Elle fonde aussi le succès des monnaies locales ou la coopération entre des associations et des collectivités locales. Le partage, la mise en commun, l'envie de voir sa vie autrement, d'éclaircir un avenir assombri par la menace climatique, alimentent des bifurcations professionnelles et personnelles (comme le mouvement du Réveil écologique). La crainte des pénuries, le constat du dépérissement des espèces ont changé notre regard. Que l'eau, les forêts, l'océan soient des biens communs est devenue une évidence. Mais les conflits se multiplient et se durcissent car aucun mode d'emploi collectif n'émerge. C'est à cela qu'il faut œuvrer.

La place des savoirs d'abord doit changer. Elle doit être centrale dans les décisions et permettre d'intégrer l'incertitude, devenue consubstantielle à l'évolution du monde mais aussi les pistes de transformation de la recherche et de l'expérimentation sociale. L'université et les sciences citoyennes ont vocation à se rencontrer, à irriguer des modes de décision et d'action aujourd'hui déphasés et pavloviens. Le GIEC ne s'y est pas trompé en donnant à ses derniers travaux une tonalité plus engagée, en dénonçant les drames sociaux liés aux dérèglements (mortalité, migrations, maladies) et en mettant en avant les bienfaits de la sobriété et des politiques d'adaptation. Les chercheurs sont aussi de plus en plus nombreux à délaisser le huis clos du laboratoire pour se mobiliser hors les murs.

La place de l'argent ensuite doit évoluer. Le paradoxe de la transition écologique est qu'elle mobilise beaucoup d'argent pour un investissement collectif qui déterminera l'avenir de tous, mais nous invite à relativiser la place de l'argent dans nos vies. C'est une autre vision du capital, une autre vision du temps, une autre vision de l'utilité et de la propriété qui doivent s'imposer. La nécessité d'investir doit être déconnectée de toute perspective de profit à court terme. Pour être mise en œuvre, la transition écologique implique une modification profonde de ce qu'est le progrès, de ce que sont les politiques économiques et la répartition des richesses.

Mais surtout comment imaginer réussir sans changer l'exercice du pouvoir ? Il ne s'agit pas seulement de plaider en l'air pour l'esprit de coopération et non la féroce concurrence. La mutualisation est ici essentielle, et elle doit faire place à des questions nouvelles. Faut-il renoncer à un projet prestigieux ? Comment aménager le territoire autrement en respectant la nature et en revenant à la géographie et l'histoire ? Comment écouter les citoyens et ne pas seulement concerter dans le vide ? La mutualisation ne doit pas être seulement dans les procédures mais dans les têtes. Mutualisation des compétences et des moyens entre le public et le privé, mutualisation des savoirs et des aspirations entre la société, l'État et les collectivités locales, intégration de l'échelon européen. Capacité à partir des situations locales pour changer la réalité, nouvelles visions de l'accomplissement et des responsabilités de chacun, la transition écologique appelle à du très concret et du très visionnaire. Comment ne pas s'enthousiasmer ?

PERFORMANCE MUTUALISTE : QUELS RÉFÉRENTIELS ?

Christian
Oyarbide

PRÉSIDENT DES MUTUELLES MULOG ET MUTLOG GARANTIES,
AUTEUR DE *VINGT PROPOSITIONS POUR CHANGER LE MUTUALISME*
(LES PETITS MATINS, 2024)

La notion de « performance », en elle-même, mérite d'être questionnée mais ce n'est pas ici la place d'une recension des travaux sur ce sujet. Citons cependant un extrait du texte de présentation du livre d'Alain Supiot[1] sur la gouvernance par les nombres :

> **« LA RAISON DU POUVOIR N'EST PLUS RECHERCHÉE DANS UNE INSTANCE SOUVERAINE TRANSCENDANT LA SOCIÉTÉ, MAIS DANS DES NORMES INHÉRENTES À SON BON FONCTIONNEMENT. PROSPÈRE SUR CES BASES UN NOUVEL IDÉAL NORMATIF, QUI VISE LA RÉALISATION EFFICACE D'OBJECTIFS MESURABLES PLUTÔT QUE L'OBÉISSANCE À DES LOIS JUSTES. PORTÉ PAR LA RÉVOLUTION NUMÉRIQUE, CE NOUVEL IMAGINAIRE INSTITUTIONNEL EST CELUI D'UNE SOCIÉTÉ OÙ LA LOI CÈDE LA PLACE AU PROGRAMME ET LA RÉGLEMENTATION À LA RÉGULATION. MAIS DÈS LORS QUE LEUR SÉCURITÉ N'EST PAS GARANTIE PAR UNE LOI S'APPLIQUANT ÉGALEMENT À TOUS, LES HOMMES N'ONT PLUS D'AUTRE ISSUE QUE DE FAIRE ALLÉGEANCE À PLUS FORT QU'EUX. »**

Cette critique dynamite à mon sens toute légitimation d'un pilotage mutualiste par les seuls indicateurs chiffrés et ouvre des espaces immenses pour des « agir » évalués « autrement ». Dans l'espace ici imparti, je limiterai mon propos à esquisser en quoi la « performance mutualiste » devrait s'appuyer sur des évaluations qui lui soient propres en questionnant au préalable très brièvement les « idéaux normatifs » qui sous-tendent les référentiels en vigueur dans nos univers « assurantiels ».

---

1 Alain Supiot, *La gouvernance par les nombres*, Paris, Fayard/Pluriel, 2020.

Leurs critères dominants, pour ne pas dire exclusifs, tournent autour de la performance économique évaluée au regard de grandeurs chiffrées issues des normes comptables ou prudentielles. Si la comptabilité a pour objet – comme son étymologie l'indique – de « rendre compte », la question n'est jamais posée : « À qui ? ». Il est essentiel de rappeler (même si on l'oublie parfois) que les normes évoquées répondent historiquement aux exigences des apporteurs de capitaux et depuis le siècle précédent à celles des marchés financiers. Mais pas à celles des adhérents des mutuelles, mandants des dirigeants et élus qui les représentent. Est-il donc surprenant que les mutuelles peinent à piloter avec ces indicateurs sans y perdre leur âme ?

En parallèle monte en puissance, à la faveur de la prise de conscience de l'ampleur du dérèglement climatique et de la perte de la biodiversité, un nouveau corpus de normes assis sur les référentiels d'engagements sociétaux et environnementaux de la RSE ou de la directive européenne CSRD[2] qui entre en vigueur cette année. Ces référentiels prétendent proposer des normes d'engagements pour un monde plus durable et ont pour objet initial de rendre ces engagements auditables par les fonds d'investissement et leurs représentants. Il serait trop long de dévoiler les biais induits par ce « péché originel » mais notons que la phrase d'Alain Supiot prend ici tout son sens : la conformité des indicateurs sera plus importante que la réalité de l'engagement de l'organisation. Faut-il donc que les mutualistes « concourent » aux prix de vertu de la CSRD ou de la RSE décernés par les régulateurs ou les auditeurs comptables au risque de banaliser définitivement leur raison d'être ?

Pour affronter ces deux interrogations sans céder aux facilités de la dénonciation, il est urgent d'interroger la capacité du mutualisme à mettre en avant des idéaux normatifs qui percutent les présupposés idéologiques des référentiels évoqués ci-dessus.

Plutôt que de tenter des développements théoriques dont la majeure partie reste à construire, je prendrai trois exemples de critères de performance pour proposer très lapidairement des points de départ de recherche destinés à convaincre que le mutualisme peut avoir des réponses spécifiques aux défis du monde dans lequel nous vivons (au sens de Bruno Latour[3]).

Si les normes comptables actuelles ne rendent pas compte de la performance économique mutualiste, quelle serait une autre façon d'en « rendre compte » ?

2 CSRD : https://www.novethic.fr/lexique/detail/directive-csrd.html

3 Bruno Latour, *Où atterrir ?*, Paris, La Découverte, 2017.

Rappelons qu'une mutuelle travaille avec l'argent de ses adhérents dans le but exclusif de remplir les engagements qu'elle a vis-à-vis d'eux. Un résultat comptable annuel positif signifie qu'elle leur a demandé sur l'exercice considéré plus d'argent qu'elle n'en avait besoin pour tenir lesdits engagements. Un résultat positif est donc une mauvaise nouvelle.

Cette évidence ouvre un abîme vertigineux dans lequel sombre la pertinence des agrégats de pilotage traditionnels. Par exemple, plus la mutuelle a un rapport prestations sur cotisations élevé, plus elle est alignée avec sa raison d'être ce qui est contraire à tous les raisonnements actuariels qui cherchent à limiter les risques et donc les sommes versées.

Travailler sur un référentiel qui rende compte aux adhérents de la bonne utilisation de leur argent en partant de leur point de vue pour nourrir le débat dans les instances qui les représentent est une des conditions incontournables de la revitalisation de la vie démocratique mutualiste autour du pilotage de ses engagements de solidarité.

La directive CSRD déjà évoquée propose douze thèmes de reporting d'impact (dits ESRS) parmi lesquels l'adaptation au changement climatique tient une part significative. Nul doute que les grands groupes capitalistes égrèneront la liste impressionnante des fonds durables et verts dans lesquels ils auront investi. Dans le même temps, ils rassureront leurs actionnaires sur la performance financière de ces fonds, équivalente à celles des fonds traditionnels. Tout le monde sera donc satisfait. Pourtant, les récentes crises sociales ont démontré que l'on ne fera pas transition vers un monde durable sans un débat démocratique sur les solidarités nécessaires pour absorber les transformations économiques profondes que cette transition impose.

« Solidarité et démocratie » sont deux valeurs consubstantielles du mutualisme. Pourquoi ne pas nous emparer de cette directive, pourquoi ne pas repenser nos indicateurs comptables pour démontrer, sur cette base, que la confrontation positive entre valeurs mutualistes et performances économiques est une voie d'acceptabilité de la transition vers un monde plus durable ?

Dans le monde de demain, l'Intelligence artificielle (IA) bouleversera nombre de métiers, notamment ceux des services. Face à cette évidence, les mutuelles n'ont-elles rien d'autre à « vendre » à leurs adhérents et à leurs salariés que les gains de productivité qu'induit le remplacement des humains par des robots digitaux ou qu'une meilleure maîtrise du risque assurantiel ? Quelles valeurs mobiliser pour porter un regard mutualiste sur les bénéfices de l'IA ?

J'ai pu définir ailleurs[4] l'une des valeurs du mutualisme – la proximité – comme « une attention singulière portée à la singularité de l'autre ». Cette exigence d'« attention » pourrait s'appliquer au dialogue entre un conseiller mutualiste

4 Christian Oyarbide, *Réinventer le mutualisme*, Paris, Les Petits Matins, 2023.

et un adhérent; deux individus « singuliers » qui partagent bien plus qu'une relation contractuelle: une commune humanité. Ce partage dans la singularité est hors de portée d'une IA par nature extérieure aux conditions incarnées (au sens littéral du mot) des situations et relations humaines. Or c'est bien cette humanité qui caractérise nos mutuelles, sociétés de personnes. Rêvons un instant d'une IA qui décharge les téléconseillers des appels « techniques » mais qui sache détecter les difficultés, les détresses, les incompréhensions pour s'avouer incompétente et mettre les appelants en relation directe avec des humains qui auront le temps, la formation, le sens de l'écoute nécessaires pour porter une « attention singulière à la singularité de l'autre ». Construisons les modèles de performance de nos services d'assistance sur cette attention et non pas sur des mesures de masse qui invisibilisent autant les appelants que leurs répondants.

Pour conclure, la performance n'a de sens mutualiste que si ses fondements s'appuient sur ses valeurs. L'effort conceptuel pour bâtir de tels référentiels est immense mais l'est-il tellement plus que celui qui a été nécessaire pour aboutir au référentiel assurantiel nommé Solvabilité 2 qui décrit les normes de performance, de reporting et de contrôle de l'assurance ?

Si nous définissons le mutualisme comme créateur de lien social et citoyen, une telle ambition et les efforts qu'elle nécessite ne sont-ils pas à la hauteur des enjeux actuels de notre monde ?

L'ESOP : UN AVENIR DE LA MUTUALISATION EUROPÉENNE DANS UNE TECHNIQUE AMÉRICAINE

Christophe
Sente

DOCTEUR EN SCIENCES POLITIQUES
ET SOCIALES À L'UNIVERSITÉ LIBRE DE BRUXELLES

À L'INTÉRIEUR DE REPRÉSENTATIONS SOMMAIRES DES ENJEUX CONTEMPORAINS, L'EUROPE EST DÉCRITE COMME LA PATRIE DE LA DÉMOCRATIE SOCIALE ET LES ÉTATS-UNIS COMME LE TERRITOIRE D'UN CAPITALISME EFFRÉNÉ.

De même, le principe de la mutualisation tend à être rangé parmi les utopies concrètes des siècles passés qu'il s'agirait aujourd'hui tout au plus de protéger, en France notamment, à l'intérieur de la seule forme juridique de la coopérative dans le droit commercial. De la sorte, à l'intérieur de la production économique, la mutualisation relèverait d'une stratégie de résistance et de repli plutôt que d'expansion.

Un examen de l'histoire économique et sociale américaine invite à une reconsidération de ces a priori. Depuis 1974 en effet, le droit américain offre un cadre à des transferts de propriété aux travailleurs qui se distinguent tant de l'intéressement aux bénéfices typiques de l'actionnariat salarié que du régime coopératif classique. La forme de mutualisation de la propriété des entreprises organisée sous le régime de l'« employee stock ownership plan » (ESOP) présente une analogie avec l'autogestion rêvée par des intellectuels européens qui, comme André Gorz, ont cherché à libérer les employés de leur subordination. Cependant, si elle exporte à l'intérieur de l'économie de marché des principes proches de ceux de l'ESS, elle entend également contribuer à la pérennité des petites et moyennes entreprises, quel qu'en soit le statut juridique, et à une dynamique industrielle. Selon une estimation récente, les entreprises américaines qui ont eu recours à l'ESOP représentent 10 % de la main-d'œuvre du secteur privé.

Aux États-Unis, le mouvement syndical des « Knights of labor » a rêvé, plus ou moins au même moment que Proudhon, à l'instauration d'une « république industrielle » qui aurait complété le régime électif instauré par les Pères fondateurs en faisant de chaque travailleur le propriétaire des moyens de sa production. Comme en Europe, ce projet mutualiste s'est estompé dans le contexte d'un recentrage des revendications syndicales dans le domaine de l'élévation, puis de la protection, du pouvoir d'achat. Si mutuelles et coopératives ont été des éléments constitutifs du « régime social-démocrate » européen et demeurent importantes dans différentes branches d'activité, leur poids politique s'est amoindri par rapport à celui des syndicats et des partis. En Amérique, elles n'ont pas non plus disparu mais ont perdu l'orientation émancipatrice – ou plutôt « abolitionniste » puisqu'il s'agissait de supprimer l'« esclavage » salarial – dont les « Chevaliers du travail » avaient voulu les doter.

L'insertion de l'ESOP dans le droit américain représente en 1974 un tournant à plusieurs égards.

D'abord, parce que le législateur fédéral introduit des incitants fiscaux à l'expérimentation du modèle défendu à partir de 1956 par l'économiste américain Louis Kelso. Contemporain de la réflexion pancapitaliste française à laquelle s'alimenta la pensée politique du général de Gaulle, Kelso croyait possible la réalisation d'une société d'individus libres et égaux jusque sur le lieu de travail et ce, sans devoir puiser dans les politiques recommandées par socialistes et communistes. Selon lui, le moyen de la restauration de l'ambition de Thomas Jefferson de la réalisation d'une république de citoyens, propriétaires des moyens nécessaires à la production, pouvait être emprunté à l'arsenal du capitalisme financier afin de diffuser la propriété du capital au sein de la société. Concrètement, il proposait de conjuguer la technique du *leverage buy out* avec des plans d'actionnariat collectif afin d'assurer un transfert non coûtant aux travailleurs des actions de l'entreprise, y compris le droit de vote attaché à celles-ci. Le procédé demandait la création, à côté de la société-mère, d'une société tierce sous la forme d'un trust, chargée de l'acquisition des actions pour compte des travailleurs et du versement du produit de la vente au propriétaire initial. Ce schéma par lequel une société se vend à elle-même repose sur l'alimentation préalable du trust par une partie des bénéfices de l'entreprise ou par un prêt gagé sur les bénéfices futurs. Son implémentation suppose que le propriétaire originel de l'entreprise y trouve un intérêt, soit parce qu'il n'a pas d'autres repreneurs que ses employés, soit parce qu'un package fiscal incite au placement de bénéfices dans le trust.

Ensuite, l'ESOP est aussi un tournant parce que la formule offre un instrument, de plus en plus précieux au fil des années, pour répondre au vieillissement des chefs d'entreprise. Le transfert de la propriété aux employés en contrepartie d'une dotation du fondateur en capital constitue une alternative à la cessation pure et simple de l'activité mais également au rachat de la société par un fonds financier à la recherche d'un profit à court terme à partir d'un investissement spéculatif dans les « *small caps* ». Autrement dit, le recours à l'ESOP n'exige pas une sympathie idéologique pour un objectif de démocratie économique, mais résulte d'un choix pragmatique. À ce titre, il fait l'objet d'un intérêt bipartisan au Congrès qui, depuis 1974, a permis des perfectionnements législatifs. Selon des études réalisées notamment dans le cadre de la Rutgers University, la transformation des employés en un collectif d'entrepreneurs augmenterait productivité économique, bien-être au travail et revenus.

Enfin, en interdisant aux travailleurs, devenus les propriétaires de leur entreprise, de disposer individuellement de leurs actions, le régime de l'ESOP contribue à la stabilité du capital des sociétés et à la souveraineté productive du pays. Si les travailleurs touchent les dividendes de leur activité au long de leur carrière, ils ne peuvent vendre leurs actions qu'à leur propre société et ce, dans l'hypothèse d'un départ. Dès lors que l'acquisition du statut de propriétaire stabilise les ressources humaines, le produit de la vente des actions par les employés tend à devenir un complément à la pension de retraite.

L'importation récente de l'ESOP dans le droit non seulement du Canada mais aussi de la Slovénie démontre que son utilisation n'est pas réservée aux États-Unis.

Si la technique ne résume pas les futurs de la mutualisation, elle ouvre une voie aux entreprises et réalise une brèche dans les certitudes entretenues en Europe quant à la définition de la mutualisation et à l'irréductibilité d'un conflit entre capital et travail.

PRÉSERVER NOS RESSOURCES : L'APPPORT DES COMMUNS

Fanélie
Carrey-Conte

ACTRICE ENGAGÉE DE L'ESS, AUJOURD'HUI SECRÉTAIRE GÉNÉRALE DE LA CIMADE, COORDINATRICE, AVEC PHILIPPE EYNAUD, DE L'OUVRAGE COLLECTIF *COMMUNS ET ÉCONOMIE SOLIDAIRE : RÉCITS D'EXPÉRIENCES CITOYENNES POUR UN AUTRE MONDE* (LES PETITS MATINS, 2023)

IL EST DES TRAVAUX UNIVERSITAIRES QUI MARQUENT DES BASCULES ESSENTIELLES POUR LA PENSÉE ET POUR L'ACTION : CEUX D'ELINOR OSTROM, PREMIÈRE FEMME À RECEVOIR, EN 2009, LE PRIX NOBEL D'ÉCONOMIE POUR SES RECHERCHES ET SON OUVRAGE *GOUVERNANCE DES BIENS COMMUNS. POUR UNE NOUVELLE APPROCHE DES RESSOURCES NATURELLES* EN FONT INDÉNIABLEMENT PARTIE.

Alors que dominait la théorie exposée en 1968 par le chercheur Garett Hardin dans son article « La Tragédie des biens communs », selon laquelle les modèles de gestion des ressources en commun étaient nécessairement voués à l'échec à travers leur épuisement précoce, Elinor Estom démontre au contraire la grande force des communs pour garantir une existence durable des ressources en accès partagé.

L'idée de mise en commun des ressources résonne parfaitement avec la notion de mutualisation. Mais pour faire un commun selon l'acception d'Ostrom, et comme le considèrent les différents courants de pensées qui continuent aujourd'hui à investir le sujet, il faut aller au-delà.

Un commun se caractérise en effet par trois piliers: des ressources (qui peuvent être matérielles ou immatérielles) mises en commun; une gestion de ces ressources par un collectif d'acteurs auto-organisés – les « commoners »; selon des règles de gouvernance spécifiques établies et discutées par ce collectif. Ce sont l'ensemble des aspects de cette définition qui font des communs un terreau de réflexion et d'action particulièrement fécond pour la transformation de notre modèle économique et social face aux défis de notre époque. A fortiori, comme nous l'avons démontré avec Philippe Eynaud dans l'ouvrage que nous avons coordonné *Communs et économie solidaire. Récits d'expériences citoyennes pour un autre monde* (Les Petits Matins, 2023), lorsqu'on les articule avec l'économie sociale et ses formes organisationnelles, fondées sur la propriété collective, la gestion démocratique et la non-lucrativité. Les communs mutualisent des ressources, mais ils en organisent aussi la gestion collective et surtout la gouvernance démocratique.

Il n'est plus besoin de démontrer que la crise écologique, le réchauffement climatique, l'épuisement des ressources naturelles, sont alimentés et aggravés par le système économique capitaliste dominant, fondé sur la privatisation et la marchandisation. Pour une transformation radicale de ce système, une approche résolument démocratique doit être envisagée: l'appropriation et la délibération collectives sont indispensables à de véritables changements inscrits dans la durée.

Face à ces différents enjeux, les communs dessinent des réponses particulièrement pertinentes, en s'inscrivant tout d'abord dans un dépassement des limites du modèle binaire gestion privée/gestion publique.

Les limites du modèle privé sont évidentes: marchandisation, recherche incessante du rendement et du profit, accaparation par quelques-uns, sont incompatibles avec l'enjeu d'une préservation durable de nos ressources.

Mais le modèle de gestion publique, s'il n'est pas porteur du même caractère mortifère de fétichisation du profit, n'est pas non plus exempt de freins à une transformation de notre modèle social. En effet, au-delà du fait que la puissance publique est parfois mobilisée pour s'impuissanter elle-même en garantissant la domination des règles du sacro-saint marché, la gestion « par en haut » des ressources communes, par un appareil administratif déconnecté des citoyens, peut s'avérer démocratiquement bien pauvre pour la véritable gestion collective des ressources dont nous aurions besoin.

C'est à cet endroit que les communs peuvent apparaître comme particulièrement innovants, permettant d'imaginer une refonte de l'action publique au service d'un approfondissement démocratique. En imaginant des partenariats public-communs, on permet de repenser les relations entre puissance publique et acteurs citoyens, on peut faire émerger de nouveaux services publics, davantage démocratiques. À nouveau ici, une forme organisationnelle de l'économie sociale et solidaire doit être évoquée: celle de la SCIC, société coopérative d'intérêt collectif, caractérisée par une gouvernance mutualisée associant plusieurs catégories d'acteurs: usagers, consommateurs, partenaires, salarié·e·s... et acteurs publics (collectivités locales en particulier).

C'est autour de ce statut qu'ont pu s'imaginer des modèles de gestion des ressources sous forme de communs citoyens. C'est par exemple le cas du réseau des coopératives Enercoop. Créé en 2005, le projet vise une gestion commune de l'énergie renouvelable, par des consommateurs, producteurs, salarié·e·s, partenaires et collectivités locales, au service de dynamiques territoriales solidaires. Un enjeu primordial pour réussir la transition énergétique, et surtout guider un indispensable mouvement vers la sobriété, qui ne pourra véritablement advenir qu'à partir de délibérations collectives autour de la modification de nos usages de consommation d'énergie: le modèle démocratique de la gouvernance coopérative est particulièrement pertinent pour cela.

D'autres exemples de gestion des ressources en commun peuvent être cités: le mouvement Terre de Liens, appuyé sur une fédération associative, une foncière et une fondation, relève depuis 2003 le défi majeur de la lutte contre l'accaparation et l'exploitation des terres agricoles, en organisant l'achat en commun de fermes mises à disposition d'agriculteurs pratiquant un modèle viable et soutenable, aux antipodes des impasses dans lesquelles nous entraîne l'industrie de l'agro-business.

Peut également être évoquée la gestion en commun des espaces forestiers: face aux enjeux de protection des forêts et de réaffirmation de règles d'usage partagées, les communs peuvent constituer un précieux levier pour expérimenter des modèles en ce sens: l'association « La Coop des communs » a mis en place un groupe de travail autour du suivi de ces dynamiques.

Au-delà de ces exemples nationaux, beaucoup d'initiatives pertinentes sont déployées en Europe et dans le monde. En Italie particulièrement, les logiques de pactes entre collectivités et communs sont très avancées, permettant par exemple la gestion d'espaces publics ou jardins partagés. L'ouvrage *L'Afrique en communs. Tensions, mutations, perspectives* (AFD et Banque mondiale, 2023) des économistes Benjamin Coriat, Stéphanie Leyronas et Kako Nubukpo met l'accent sur de nombreux projets développés sur le continent africain.

Bien sûr, de nombreux défis sont à relever par les communs. Que les communautés de « commoners » qui les gèrent ne deviennent pas elles-mêmes excluantes. Que les règles de gouvernance soient en permanence discutées, que les tensions, les conflits de pouvoir, inévitables, soient bien appréhendés et travaillés, ce qui suppose un travail permanent des « commoners » quant à leur positionnement. Que les modèles économiques permettant de faire vivre ces projets se renforcent, que les règles du jeu économique et réglementaire, qui favorisent aujourd'hui leurs concurrents lucratifs, leur permettent d'être davantage soutenus.

Mais il n'en demeure pas moins que les communs constituent un précieux point d'appui pour un monde meilleur: parce qu'ils permettent, bien plus que le déploiement de formes institutionnelles innovantes, une réinvention des imaginaires et une possibilité de mettre en réflexion comme en action des nouvelles manières d'expérimenter, ensemble, les voies d'une transformation écologique, sociale et démocratique de notre société.

SÉCURITÉ SOCIALE DE L'ALIMENTATION ET MUTUALISATION, L'IDÉE D'UNE RÉAPPROPRIATION

Bénédicte Bonzi

DOCTEURE EN ANTHROPOLOGIE SOCIALE ET CHERCHEUSE ASSOCIÉE AU LAIOS, AUTRICE DE *LA FRANCE QUI A FAIM : LE DON À L'ÉPREUVE DES VIOLENCES ALIMENTAIRES* (SEUIL, 2023)

DEPUIS 2019, UN VENT DE RENOUVEAU SOUFFLE SUR L'ESPRIT DE LA SÉCURITÉ SOCIALE, UTILISÉE PAR CHACUN ET CHACUNE COMME UN DÛ, CÉLÈBRE POUR SON DÉFICIT. L'ENGOUEMENT AUTOUR D'UNE SÉCURITÉ SOCIALE DE L'ALIMENTATION VIENT QUESTIONNER LES FONDEMENTS DE LA SÉCURITÉ SOCIALE ET RÉVÉLER UNE MÉCONNAISSANCE TANT DE SA CRÉATION QUE DE SON FONCTIONNEMENT.

En effet, nombre d'usagers tendent leur carte vitale sans penser aux *jours heureux*, programme du Conseil national de la Résistance contenant l'idée de la Sécurité sociale, et leur carte de mutuelle sans imaginer qu'à leur création, les mutuelles, appelées alors caisses de secours mutuelles[1], étaient dans l'illégalité par crainte d'un corporatisme ouvrier. Si la sécurité sociale de l'alimentation revendique s'inspirer de la Sécurité sociale telle que mise en place en 1945[2], accompagner ce projet révèle la méconnaissance d'un héritage conquis[3] et précaire (car trop souvent attaqué).

Parler de conquête, c'est ici rendre hommage à celles et ceux qui se sont battus pour améliorer les conditions de vie des travailleuses et des travailleurs en pensant une solidarité dans la prévention des risques des plus vulnérables. À cette époque, les soins de qualité ne concernent que la classe aisée. Parler

---

1 Jean-François Chadelat, « Histoire des complémentaires maladie », *Regards*, vol. 49, n° 1, 2016, p. 35-44.

2 Tanguy Martin et Sarah Cohen, *De la démocratie dans nos assiettes, construire une sécurité sociale de l'alimentation*, Paris, Éd. Charles Léopold Mayer, 2024.

3 Nicolas Da Silva, *La bataille de la Sécu, une histoire du système de santé*, Paris, Ed La Fabrique, 2022.

de conquis, c'est aussi situer le projet de sécurité sociale de l'alimentation dans l'expression contemporaine de la lutte des classes. En effet, se nourrir, c'est pouvoir ou devoir faire des choix parfois impossibles face à des messages culpabilisants: il faudrait manger 5 fruits et légumes frais par jour, pas de pesticide, limiter les produits gras et sucrés, etc. Se nourrir et nourrir apparaît donc comme une véritable responsabilité dans une société où l'abondance de nourriture crée de nouveaux risques, au lieu de permettre à chacune et chacun d'être à l'abri de la faim. Soumise aux règles du marché, l'alimentation se décline dans différentes offres. Celles et ceux qui le peuvent vont manger des produits de saison, locaux, qui permettent la juste rémunération du producteur, et être en bonne santé quand d'autres doivent se contenter de produits importés, parfois ultra transformés et donc avec des impacts négatifs sur leur santé. La règle de la concurrence fait que dans ce marché, tout existe, une impression de choix est donnée, mais ce n'est qu'une impression car choisir véritablement son alimentation nécessiterait un autre système pourvu de règles démocratiques dans la prise de décision. Au-delà de ces offres multiples pour ceux qui peuvent payer leur alimentation, il est important de considérer la place qu'est venue prendre l'aide alimentaire. Elle est devenue le moyen de se nourrir pour des millions de personnes en France dont des personnes âgées, des étudiants, des travailleurs pauvres, des familles monoparentales, etc. Sous-dotées car fonctionnant avec très peu d'argent public, soit 185 millions[4] pour répondre à des demandes évaluées par le COCOLUPA (le Comité national de coordination de la lutte contre la précarité alimentaire) à environ 7 millions de personnes (185/7 correspond à un petit peu plus de 26 euros par personne et par an), les structures de l'aide alimentaire doivent s'appuyer sur des offres peu chères ou gratuites, ou encore le don, pour fonctionner. L'aide alimentaire a par ailleurs cessé d'être une aide d'urgence et est devenue le moyen de s'alimenter de 7 millions de personnes. Sachant que ce sont plus de 9 millions de personnes qui vivent sous le seuil de pauvreté, on comprend alors la forte tension ressentie par les structures de l'aide alimentaire qui ne peuvent pas répondre à l'ensemble des personnes qui en auraient besoin. Elles trient les plus pauvres des pauvres, que dirait Coluche! Si des dons monétaires permettent aux structures de faire des achats, nombre de dons sont des produits non choisis. Recevoir ces produits non choisis parfois à des dates de fraîcheur dépassées révèle un système alimentaire qui utilise la pauvreté pour absorber la folie de sa surproduction[5].

Notre système alimentaire n'a rien de solidaire, il est façonné par une pensée néolibérale qui utilise toute la chaîne, jusqu'à celle de la solidarité pour réaliser des profits, notamment en défiscalisant les dons de denrées sans vérifier qu'ils correspondent aux besoins des personnes. Une violence s'exerce alors sur les plus

4 « Difficultés financières des associations solidaires d'aide alimentaire », question écrite de Fabien Genet, Sénat, 7 mars 2024.

5 Bonzi Bénédicte, *La France qui a faim, le don à l'épreuve des violences alimentaires*, Paris, Seuil, 2023.

précaires dont le droit à l'alimentation est bafoué et dont le corps est utilisé pour absorber les surplus. Ce système a des incidences physiques et psychologiques sur les personnes concernées. L'impact du recours à l'aide alimentaire est parfois irréversible quand c'est la peur au ventre que l'on guette la venue d'un bénévole, doutant de ne pas pouvoir nourrir ses enfants, et s'obligeant à dire merci (même si on manque de tout dans ce qui est récupéré et qu'on est loin de pouvoir offrir ce que l'on voudrait à sa famille). Notons ici que les bénévoles ressentent la même détresse et que leur action dans l'aide alimentaire se situe dans une forme de résistance où ils font comme ils peuvent et non ce qu'ils veulent.

Dans ce panorama, nous sommes bien loin du droit à l'alimentation qui ne se limite pas à nourrir mais qui doit permettre aux personnes d'accéder à un choix alimentaire capable de respecter la culture et les préférences, en mettant la dignité au cœur de ce droit. Or recourir à l'aide alimentaire ou ajuster son budget alimentaire parce qu'il faut mettre de l'essence dans la voiture pour aller travailler montre qu'il y a aujourd'hui en France un nouveau risque pour les personnes du fait du non-respect du droit à l'alimentation.

La proposition de sécurité sociale de l'alimentation permettrait de répondre à la violence structurelle de notre système alimentaire en sortant une part de l'alimentation du marché et en organisant une répartition juste d'une nourriture choisie démocratiquement. Parmi les premières expérimentations, certaines s'appuient sur des caisses. Ces caisses fonctionnent avec une part de cotisation mais aussi avec de l'argent public ou de fondations pour équilibrer la caisse. Autour de ces expérimentations se pose la question de garantir la démocratie dans la caisse, une démocratie effective qu'à condition que les premiers concernés, les mangeurs, soient majoritaires et puissent choisir en connaissance de cause. Aussi dans ce nouveau vent qui souffle il est question d'éducation populaire et de démocratie afin de se réapproprier le sens même tant de la mutualité à ses premières heures que celui de la Sécurité sociale des jours heureux. À travers la reprise en main du système alimentaire, c'est un projet de paix juste qui se dessine. Un projet capable de rompre avec toutes formes de domination sur les hommes, les femmes et la terre que nous habitons dont il devient urgent de prendre soin si l'on veut qu'elle puisse encore nous nourrir demain. Interroger la place de la mutualité dans un tel projet, c'est interroger le type de société et d'État. C'est se projeter dans un avenir où l'on puisse affirmer qu'« Aujourd'hui on n'a plus le droit ni d'avoir faim ni d'avoir froid… » car on aura enfin su s'organiser pour rendre effectif le droit à l'alimentation en France.

REMETTRE LA COHÉSION AU CŒUR DU VILLAGE

Corentin Émery

COFONDATEUR DE L'ASSOCIATION BOUGE TON COQ!, QUI DÉPLOIE DES SOLUTIONS POUR DYNAMISER LES TERRITOIRES RURAUX

NOUS SOMMES PEUT-ÊTRE ENTRÉS DANS UNE ÈRE DE CONTESTATION DE L'HÉGÉMONIE URBAINE. LES MÉTROPOLES, DRESSÉES COMME DES MAJUSCULES DANS LE TEXTE DES ÉVÉNEMENTS, SEMBLENT PERDRE DE LEUR AURA DANS LA PRODUCTION DE NORMES ET DE VALEURS.

Plus de 80 % des Français considèrent que le monde rural représente le mode de vie idéal et chez les ruraux, ce chiffre grimpe à 97 %[1]. Il ne s'agit pas d'opposer, de mettre en tension, voire en conflit, différentes manières d'habiter le territoire mais plutôt de souligner le lien marqué entre un mode de vie perçu comme optimal et le lieu de résidence. Dans cette perspective, les territoires ruraux connaissent une dynamique très favorable. La vie à la campagne suscite du désir.

Ce regain d'attractivité cohabite pourtant avec un sentiment d'abandon du monde rural, ressenti aussi bien dans l'ensemble de la population française que par les ruraux eux-mêmes. L'absence ou la difficulté d'accès aux services publics représente, sans équivoque, le motif premier et principal de cette perception négative qui freine l'élan de revitalisation des bourgs et des petites communes. Sous ce regard, du ressenti au ressentiment, il n'y a qu'un pas, dirigé vers l'action de l'État dans les territoires. Le mouvement des Gilets jaunes constitue un témoignage éloquent, sans évoquer le plus récent mouvement de protestation issu du

1 « Territoires ruraux: perceptions et réalités de vie face aux défis des transitions », étude Ifop-Familles rurales, 2023.

monde agricole, largement soutenu par l'ensemble de la population (91 %), qui pointe la responsabilité de l'État dans le déclenchement de la crise (85 %)[2]. Il apparaît que la production de services, attribuée à l'action publique, est intrinsèquement liée à l'aménagement du territoire, contesté par les populations rurales. Elles manifestent le désir d'une prise en compte de leur pratique quotidienne du territoire.

Or c'est bien la voie de la mutualisation qui est encouragée dans les politiques publiques successives dédiées à la ruralité depuis la décennie 2010, entendue dans une logique toute administrative. Assises des territoires ruraux en 2009, Mission « Nouvelles Ruralités » en 2013, Agenda Rural en 2019, France Ruralités en 2023... Le propos n'est pas d'entrer dans le détail de chaque mesure mais d'appréhender une tendance de fond consistant à privilégier une répartition technocratique d'équipements mutualisés au niveau intercommunal. Les indicateurs de performance de ce type de politiques mesurent ainsi davantage le nombre des équipements et des conventions passées entre les différents échelons territoriaux que l'usage réel des services qu'ils sont censés délivrer. Cette logique de mutualisation exclusivement administrative dans la distribution des services publics en ruralité se traduit par un éloignement des lieux de consommation de ces services pour les populations – appauvrissant les dynamiques communales, alors que la commune, lieu de résidence, demeure l'espace immédiatement vécu. La défiance des habitants des zones rurales envers l'action publique tient peut-être en partie dans cette dissociation flagrante entre une logique de mutualisation administrative de l'aménagement du territoire et la manière dont les populations souhaitent disposer de leur vie quotidienne à la campagne. Dans cette situation, la promesse républicaine resplendit de faibles feux.

Une acception plus large de la mutualisation, très ouverte sur la solidarité, permettrait probablement d'adopter une posture d'aménagement des territoires ruraux plus inclusive. Ce petit pas de côté suppose de mutualiser, aussi, les ressources de la société civile dans la production des services du quotidien et de les porter directement depuis le cœur des plus petites communes rurales. Cela ne semble peut-être pas un pas de géant mais l'évolution est massive : nous passons d'une logique descendante pilotée par la seule action publique à une logique ascendante partagée entre plusieurs acteurs locaux – à partir d'une grille communale qui ne se lit plus au regard de la seule densité mais aussi de la capacité d'action des citoyens.

Les caractéristiques de l'engagement citoyen des habitants des zones rurales épousent cette dynamique : défiant à l'égard des institutions éloignées ; volontaire dans son réseau de proximité[3].

---

2 Sondage Odoxa-Backbone Consulting pour *Le Figaro*, février 2024.

3 Tristan Guerra, Laurence de Nervaux, « Ruralité anxieuse mais engagée : vers un nouveau modèle de cohésion rurale ? », *Moi des villes et toi des champs*, La Tour d'Aigues, L'Aube-Fondation Jean-Jaurès-Bouge ton coQ!, 2024.

L'initiative civile, pour demeurer d'intérêt général, devient ainsi coordonnée par un acteur à but non lucratif, en charge de la mutualisation de toutes les ressources nécessaires à l'éclosion de projets pilotes (ingénierie financière, technique, managériale...). Dans cette perspective, l'aménagement des territoires ruraux ne repose pas sur l'acceptabilité des politiques publiques mais sur la participation des communautés locales à l'organisation de leur cadre de vie dans une logique de coopération entre la société civile et l'action administrative.

Cette dimension de l'aménagement rural, mutualisé et participatif, produit également des services de proximité d'une nature sensiblement différente. Le maintien, ou non, du service au sein de la commune ne dépend plus exclusivement de considérations comptables, qu'elles soient administratives ou mercantiles. C'est le cas d'un commerce géré par ses habitants, mais aussi potentiellement d'un centre de santé fonctionnant sur le mode du temps médical partagé, ou d'un collectif bénévole soucieux du quotidien des aînés dans le village, éventuellement une école, un cinéma, une bibliothèque... Il dépend de la densité des liens de solidarité au sein du village. Chacun devient dépositaire, et contributeur, du service auquel il souhaite accéder près de chez lui. Et il apparaît que la densité de ces liens se renforce à mesure que le service est délivré. Un cadre de mutualisation et de démultiplication des initiatives individuelles coordonnées à l'échelle de la commune par les habitants eux-mêmes.

Afin d'accélérer et de parfaire cette dynamique de reprise en main des citoyens ruraux sur leur quotidien, il serait judicieux d'opérer la mutualisation des initiatives communales au sein d'un mouvement coordonné cette fois-ci à échelle nationale, en charge de réunir et susciter les ressources nécessaires à l'essaimage de solutions exemplaires dans tout le pays. De sorte que l'engagement des acteurs privés, publics, associatifs, individuels ou collectifs au service des campagnes atteigne sa destination première.

La mutualisation des moyens d'action plus larges que ceux de la puissance publique dans les territoires ruraux pour produire des services de proximité revêt un intérêt majeur dans la lutte contre les fractures territoriales. Elle repose sur la mise en valeur des atouts de la campagne, désirés par l'ensemble de la population française, et les formes d'engagement propres à ces territoires. La vitalité des territoires ruraux conditionne ainsi une part du devenir de la cohésion nationale.

CULTIVER LES LIENS, POUR UN NOUVEL ÉQUILIBRE DES TERRITOIRES

Achille
Warnant

DOCTEUR EN GÉOGRAPHIE ET CODIRECTEUR
DE L'OBSERVATOIRE DE L'EXPÉRIMENTATION ET DE
L'INNOVATION LOCALES DE LA FONDATION JEAN-JAURÈS

SIX ANS APRÈS L'ÉRUPTION DES GILETS JAUNES, LES DERNIÈRES ÉLECTIONS EUROPÉENNES ET LÉGISLATIVES NOUS RAPPELLENT QUE LES INÉGALITÉS TERRITORIALES, PROFONDÉMENT ANCRÉES DANS LE CONTEXTE FRANÇAIS, RESTENT D'ACTUALITÉ.

La mise à l'agenda médiatique et politique du thème de la fracture, qui a accompagné ces différents phénomènes, est évidemment la bienvenue. Elle a notamment permis d'alerter les pouvoirs publics sur les difficultés effectivement rencontrées par une large part des espaces ruraux et des villes petites et moyennes, longtemps restés dans l'ombre des métropoles. Elle masque cependant la complexité des dynamiques territoriales en jeu et risque ainsi, d'un côté, de produire des réponses aussi inappropriées qu'inefficaces et, de l'autre, d'alimenter la colère et les rancœurs qu'elle a aidé à mettre en lumière.

Dès lors, il est crucial d'examiner finement comment ces inégalités se manifestent aujourd'hui, à différentes échelles, et quelles sont les pistes pour y faire face. Face aux multiples fractures, misons sur les réciprocités et la solidarité plutôt que sur la mise en compétition, pour un développement équilibré des territoires.

DES INÉGALITÉS ANCIENNES QUI PEINENT À ÊTRE RÉSORBÉES

Rappelons d'abord que la question des inégalités territoriales n'est pas nouvelle. Le succès, à la Libération, de *Paris et le désert français* de Jean-François Gravier, publié pour la première fois en 1947, en témoigne[1]. Ce livre « toujours cité, rarement lu, jamais discuté », selon la formule du géographe Bernard Marchand, qui influença largement, après-guerre, les politiques de décentralisation industrielle et d'aménagement du territoire[2], alertait déjà sur l'existence d'un fossé entre Paris et reste du pays. Gravier, qui accusait la capitale de tous les maux, y faisait observer que la croissance démographique était concentrée, pour l'essentiel, dans les deux principales agglomérations du pays (Paris et Marseille), aux dépens de 96 % du territoire.

Depuis, l'État n'a pas ménagé ses efforts pour résorber ces inégalités réelles ou ressenties. Au cours des Trente Glorieuses, on peut citer la mise en place d'un plan national d'aménagement du territoire en 1950, des métropoles d'équilibre en 1964 ou des contrats de villes moyennes à partir de 1972. Dans les années 1980, alors que la croissance est moins favorable, la politique de la ville, visant à revaloriser certains quartiers urbains dits « sensibles » ou « prioritaires » et à réduire les inégalités sociales entre territoires, souligne que l'État reste alors mobilisé. Enfin, si la France semble avoir tourné la page des politiques d'aménagement du territoire telles qu'imaginées après-guerre, le pays a conservé, jusqu'à aujourd'hui, un système fortement redistributif qui, comme le rappelle l'économiste Laurent Davezies, permet « de réduire de près d'un tiers les inégalités de niveaux de vie[3] ».

Tout n'est pas rose pour autant. Le « retrait territorial de l'État » est une réalité, comme en témoigne la fermeture de nombreux services publics ces dernières décennies[4]. Les inégalités continuent, en outre, de se creuser par endroits, selon différentes lignes de fracture susceptibles de se superposer : entre la France métropolitaine et l'outre-mer, entre la France des champs et celle des villes, entre la France de l'ouest et celle du centre, du nord et de l'est, etc.

FACE AUX MULTIPLES FRACTURES, CULTIVER LES RÉCIPROCITÉS

Face à ces multiples fractures, trois chemins très différents semblent pouvoir se dessiner.

Un premier consiste à relativiser ces inégalités et/ou à considérer qu'elles se

---

1 Bernard Marchand, « La haine de la ville : "Paris et le désert français" de Jean-François Gravier », *L'information géographique*, vol. 65, n°3, 2001, p. 234-253.

2 Marie-Vic Ozouf-Marignier et Achille Warnant, « Que reste-t-il de Paris et le désert français ? », *Métropolitiques*, 2024.

3 Laurent Davezies, *L'État a toujours soutenu ses territoires*, Paris, Seuil / La République des idées, 2021.

4 Julie Chouraqui, « Les réformes de l'État et la transformation des services publics : Des tendances internationales au local, quels effets pour les territoires ? », *Annales de géographie*, vol. 2, n°732, 2020, p. 5-30.

résorberont d'elles-mêmes dans le cadre du système de redistribution actuel. Les partisans de cette approche estiment que les mécanismes déjà en place, via les transferts sociaux et les politiques publiques de redistribution, suffiront à long terme pour atténuer les disparités territoriales. Ils misent sur l'efficacité progressive des politiques existantes et sur la dynamique économique naturelle pour équilibrer les écarts. Au regard des dynamiques observées ces dernières décennies, ce chemin semble cependant pécher par excès d'optimisme.

Un second chemin consiste, à l'inverse, à insister sur les fractures et sur ce qui oppose les territoires les uns aux autres, en les plaçant dans une relation concurrentielle. Cette approche met en avant une lecture dualiste de la situation, où les territoires sont divisés grossièrement entre « gagnants » et « victimes ». Si ce chemin permet d'alerter sur les problèmes bien réels que connaissent certains territoires, il comporte aussi le risque d'exacerber les tensions, les ressentiments, qu'il prétend résorber en alimentant des concurrences victimaires.

Dans ce contexte, une troisième voie est possible. Elle invite à cultiver les liens et les réciprocités pour un développement plus équilibré et solidaire du territoire. Ce chemin, qui encouragerait les élus et habitants des campagnes, des villes petites et moyennes, et des métropoles à travailler ensemble, à partager leurs ressources et à développer des synergies, dans une logique de mutualisation, n'est pas une utopie. Des liens existent déjà, depuis fort longtemps, à travers le déplacement des individus ou la circulation des ressources. Il convient à présent de les entretenir, de les valoriser et de les développer à tous les étages de la fabrique des territoires. Les chantiers ne manquent pas : de l'alimentation à la production énergétique, en passant par le logement, l'offre de loisir ou la préservation de la biodiversité, etc. Là réside certainement une partie des réponses aux grands enjeux de demain, qu'ils soient environnementaux, démographiques, économiques ou sociaux.

MUTUALISER LES MOBILITÉS : LA PISTE DE LA GRATUITÉ

Michaël Delafosse

MAIRE DE MONTPELLIER ET PRÉSIDENT DE MONTPELLIER MÉDITERRANÉE MÉTROPOLE

QUELLE MESURE PEUT RÉUNIR À MONTPELLIER, PLACE DE LA COMÉDIE, 15 000 PERSONNES UN SOIR D'HIVER POUR FÊTER SA MISE EN ŒUVRE ? C'EST LÀ UNE DES GRANDES LEÇONS DE NOTRE EXPÉRIENCE DE LA GRATUITÉ DES TRANSPORTS EN COMMUN : BIEN PLUS QU'UN CHOIX DE GESTION PUBLIQUE, C'EST UN ENGAGEMENT POLITIQUE QUI FAIT SOCIÉTÉ ET RASSEMBLE LES HABITANTS.

On aborde souvent les transports en commun par la question tarifaire, en considérant généralement que ce qu'on ne paie pas n'a pas de valeur. Au contraire, la gratuité a la valeur de nos valeurs, au premier rang desquelles la solidarité.

La gratuité esquisse les contours d'un nouveau service public des transports, dans la continuité des grandes avancées du XIXe et du XXe siècle. Aux inégalités d'instruction, l'école publique laïque et obligatoire. Aux aléas de la maladie, l'hôpital public et la protection sociale. Aux nouvelles fractures des déplacements, la Métropole de Montpellier répond par une gratuité universelle, pour tous ses habitants.

Quelles sont ces fractures ? L'impératif climatique et environnemental en ce début de XXIe siècle est d'autant plus inégalitaire qu'il atteint plus durement ceux qui n'ont pas les moyens d'y répondre. En matière de mobilité, le constat est frappant : l'accès aux voitures électriques est loin de s'être démocratisé alors que la pollution de l'air est un enjeu sanitaire majeur, notamment dans les quartiers denses et populaires, où la pollution routière est à l'origine des trois quarts des émissions d'oxyde d'azote, du tiers des émissions de particules fines et de la moitié des émissions de gaz à effet de serre. Contribuer par nos mobilités à améliorer la qualité de l'air et à agir pour le climat, chacun le souhaiterait ; mais sans mutualiser nos efforts, tous ne le peuvent pas.

La transition écologique des mobilités doit s'effectuer dans la solidarité. Déjà, avant la flambée des coûts du carburant et des énergies, les transports représentaient 14 % du budget des ménages. Les déplacements creusent de nouvelles fractures, entre les territoires, entre les revenus, qui doivent mobiliser notre solidarité.

Alors solidarité tarifaire ou mutualisation? La plupart des villes ont des tarifications solidaires pour les plus précaires, mais le taux de non-recours, de personnes ne demandant pas cette tarification préférentielle, est de l'ordre de 40 %. La gratuité permet d'éviter et de simplifier cela. Dans le même temps, les classes moyennes peuvent avoir le sentiment de toujours contribuer sans jamais bénéficier de la solidarité, alors même que leur situation n'est pas toujours confortable et que leur pouvoir d'achat se dégrade. Pour eux, la gratuité rétablit une forme de réciprocité, retisse le lien un peu distendu de la mutualisation et redonne un sens à leur contribution à l'impôt. Aussi, et peut-être surtout, la gratuité, universelle, redonne ses lettres de noblesse au transport « en commun ». Les bus, les tramways, ne sont plus le transport des pauvres, des tarifs réduits; ce sont les transports de tous.

Mieux partagés et plus accessibles, les transports gratuits deviennent le lieu de nouvelles solidarités. Entre le premier trimestre 2019, avant le Covid-19, et le premier trimestre 2024, post gratuité, le nombre de voyages effectués sur le réseau montpelliérain a augmenté de près de 24 %. La tendance continue de s'amplifier et il faudra attendre d'avoir un peu plus de recul sur ces chiffres de fréquentation pour en tirer tous les enseignements mais, d'ores et déjà, on observe un lissage entre heures de pointe et heures creuses. Les déplacements domicile-travail restent importants mais les usages se diversifient: pour aller à une activité sportive ou culturelle, pour faire des courses ou se balader, ou tout simplement être dans le bus ou le tramway et sortir de son isolement. Nous recevons des témoignages très touchants qui viennent corroborer les chiffres de fréquentation en ce sens. Au-delà des mobilités, la gratuité rend la ville aux Montpelliérains.

La gratuité des transports en commun ne répondra pas seule aux défis et fractures des déplacements mais elle ouvre une voie. Cette réflexion fait écho à deux considérations fortes dans la mise en œuvre de cette mesure à Montpellier.

La première, c'est un truisme, est que pour bien mutualiser il faut avoir matière à mettre en commun. Certains réseaux de la gratuité des transports en commun étaient sous-fréquentés. À Montpellier, la situation est différente. Avant la pandémie de Covid-19, le réseau est déjà bien utilisé, la ligne 1 de tramway est la première de France après Paris. La gratuité devait donc aller de pair avec un investissement massif pour développer l'offre de transports: construction d'une 5e ligne de tramway, extension de la 1re ligne jusqu'à la gare Tgv Montpellier Sud de France, création d'une nouvelle offre de bustram à haut niveau de service. Elle s'accompagne également d'un effort important pour sécuriser ces transports: programme de rénovation des rails, mise en place d'une police métropolitaine des transports… Notre politique de mobilité est conçue dans une approche systémique, où les différents modes de déplacement se complètent pour développer les alternatives à la voiture individuelle : aide à l'achat d'un vélo à assistance électrique, développement d'un réseau express vélo, plan marchable et rues aux écoliers, incitation au covoiturage…

La seconde, est de réfléchir cette mutualisation au-delà du périmètre administratif de la Métropole, notamment avec les territoires périurbains et ruraux, davantage dépendants de la voiture. Le sentiment de déclassement et de périphérie urbaine naît aussi de notre incapacité à articuler nos bassins de vie autour d'un système de mobilité suffisamment mutualisé. La gratuité permet d'ouvrir un débat avec les collectivités et autorités organisatrices des mobilités voisines, que l'ancien système tarifaire n'avait jamais vraiment suscité. En obtenant la labellisation service express régional métropolitain, Montpellier prolonge ainsi la réflexion sur la mutualisation que la gratuité avait initiée.

ABANDONNER L'AUTOSOLISME ET SOCIALISER LA ROUTE

Sylvie Landriève

DIRECTRICE DU THINK TANK DE LA SNCF, LE FORUM VIES MOBILES

« LA BAGNOLE EST UN BIEN DE LUXE. ET LE LUXE, PAR ESSENCE, CELA NE SE DÉMOCRATISE PAS : SI TOUT LE MONDE ACCÈDE AU LUXE, PLUS PERSONNE N'EN TIRE D'AVANTAGES ; AU CONTRAIRE, TOUT LE MONDE ROULE, FRUSTRE ET DÉPOSSÈDE LES AUTRES ET EST ROULÉ, FRUSTRÉ ET DÉPOSSÉDÉ PAR EUX. » ANDRÉ GORZ

Au XXe siècle, la découverte et l'exploitation massive des énergies fossiles ont permis l'avènement et la diffusion de modes de transport rapides et carbonés, l'avion et la voiture surtout. Mais aller plus vite ne nous a pas fait gagner de temps au quotidien, cela nous a conduits à aller plus loin. Les Français parcouraient six kilomètres chaque jour il y a un siècle, ils en font désormais soixante[1]. Au quotidien, nous sommes devenus dépendants de nos véhicules personnels : 70 % des distances parcourues le sont en voiture. Avec 83 % des

1 *Enquête nationale Mobilité et modes de vie*, Forum Vies mobiles, 2020.

ménages qui en possèdent une, le pays compte 38,9 millions de voitures particulières en circulation...

Or, l'automobile à essence est une source majeure de gaz à effet de serre (16 % des émissions nationales), d'autant plus contestable qu'elle est peu partagée. Son taux d'occupation descend même de 1,4 personne pour les trajets du quotidien à 1,07 pour les trajets domicile-travail. Difficile d'aller en deçà ! Et encore n'est-elle utilisée que 5 % du temps. Qu'elle roule ou qu'elle soit garée, qu'elle soit thermique ou électrique, la voiture a colonisé l'espace public et l'a reconverti en zone de circulation rapide et dangereuse, au point de s'en approprier jusqu'à 80 %, au détriment des places et des espaces de flânerie, en ville comme à la campagne. Ont été exclus, sans discussion ou presque, les enfants, durablement cantonnés dans les parcs ou tenus fermement par la main, les marcheurs et les piétons, relégués latéralement sur des trottoirs trop étroits et les accotements des routes secondaires, et tous ceux qui ne conduisent pas ou pas toujours, de plus en plus nombreux, parce qu'ils sont trop jeunes ou trop vieux, ne pouvant pas ou ne voulant pas conduire aussi vite ou de nuit.

En dépit de ces constats alarmants, les investissements publics et privés continuent de pleuvoir pour maintenir le système voiture. En France en 2022, le coût de 55 projets routiers pourtant contestés avoisinait 18 milliards d'euros[2]. En 2020, les dépenses de publicité et de communication du secteur automobile s'élevaient à 4,6 milliards d'euros[3]. À titre de comparaison, l'ensemble des dépenses de fonctionnement du transport et des infrastructures ferroviaires était de 3,5 milliards d'euros en 2021[4].

Mais échapper à l'hégémonie de la voiture est possible. Comment ? Le partage des voitures (autopartage, covoiturage) fait déjà l'objet de politiques publiques. Mais tandis que le covoiturage longue distance fait concurrence au train, pourtant bien plus collectif, le covoiturage courte distance présente une pertinence écologique faible en se développant le plus souvent dans des zones avec une offre de transports en commun[5]. Surtout, ces politiques ne remettent pas en cause le système automobile. Un réel changement de modèle implique de mutualiser l'usage de la route en prenant de la place à la voiture individuelle. Il suffit pour cela d'attribuer une part du pléthorique réseau routier français, qui compte plus d'un million de kilomètres, à un autre système de mobilité, cette fois-ci sans voitures, ou presque : le « SAV » de la voiture.

Les gains sont multiples. D'une part, les différents modes de déplacement peuvent enfin coexister : la marche et le vélo pour les trajets courts, des cars cadencés roulant quasiment 24 heures

2 « Routes, autoroutes : un gâchis à 18 milliards d'euros », *Reporterre*, 2022.

3 Congrès FUB 2022.

4 *Les chiffres clés des régions*, 2021.

5 *Que peut-on attendre du covoiturage quotidien pour la transition écologique*, Forum Vies mobiles, 2023.

sur 24 pour les distances moyennes, des trains pour les distances longues. La voirie est enfin partagée efficacement, les différents modes de déplacement ne sont plus en concurrence mais au contraire complémentaires.

D'autre part, le ralentissement du régime de vitesse des déplacements qu'implique ce nouveau système met à mal l'organisation actuelle de la ville avec concentration des emplois et des services en son centre, entrepôts logistiques dans des zones d'activités raccordées aux rings automobiles et périphérisation de l'habitat. Il permet de vivre davantage en proximité. Et cela tombe bien car, dans un cercle vertueux, la vie en proximité permet de privilégier les déplacements à pied et à vélo. Enfin, le « système alternatif à la voiture » profite à tous en assurant aux plus fragiles le libre accès à l'espace public et un usage de la voirie agréable et sûr. Il est enfin possible et attractif de faire un footing en ville, de faire du vélo avec un jeune enfant, d'aller au cinéma le soir sans craindre de prendre la route de nuit...

Mutualiser une partie du réseau routier et en exclure toute voiture individuelle est la seule piste solide pour respecter nos engagements de décarbonation du secteur des transports à horizon 2050 et permettre aux citoyens de se déplacer sur tous les territoires. Cette solution est d'autant plus pertinente qu'elle répond à leurs aspirations. En effet, dans les pays industrialisés, 4 personnes sur 5 souhaitent ralentir le rythme de leur vie afin d'avoir plus de temps pour elles et pour leurs proches. 80 % aspirent à vivre davantage en proximité, dans tous les cadres de vie. Autant que le droit à la mobilité brandi à tout bout de champ, il s'agit de promouvoir le droit à la proximité, autrement dit celui d'aller moins loin au quotidien. Tant il est vrai qu'une société qui progresse est une société qui doit pouvoir ralentir.

UN FONDS MUTUEL DE SUBVENTION POUR FINANCER LA PART NON RENTABLE DES INVESTISSEMENTS DE TRANSITION

Jézabel Couppey-Soubeyran

MAÎTRESSE DE CONFÉRENCES À L'UNIVERSITÉ PARIS 1 PANTHÉON-SORBONNE, CONSEILLÈRE SCIENTIFIQUE À L'INSTITUT VEBLEN, DIRECTRICE SCIENTIFIQUE DE LA CHAIRE ÉNERGIE ET PROSPÉRITÉ, AUTRICE AVEC PIERRE DELANDRE ET AUGUSTIN SERSIRON DE *LE POUVOIR DE LA MONNAIE : TRANSFORMONS LA MONNAIE POUR TRANSFORMER LA SOCIÉTÉ* (LES LIENS QUI LIBÈRENT, 2024)

IL MANQUE D'APRÈS LES ESTIMATIONS L'ÉQUIVALENT DE 3 À 5 POINTS DE PIB D'INVESTISSEMENTS ANNUELS POUR TENIR LES OBJECTIFS DE DÉCARBONATION[1].

Bien que cela puisse sembler beaucoup, c'est un minimum minimorum car les estimations disponibles s'en tiennent généralement à la transition climatique sans prendre en compte la biodiversité à réparer ni l'accompagnement social à mettre en place. Cela exclut d'emblée des dépenses absolument nécessaires mais financièrement non rentables, qui ne peuvent être réalisées qu'avec des fonds publics.

LES MARGES DE MANŒUVRE NE MANQUENT-ELLES PAS À CE NIVEAU ?

Assurément, il ne faut pas renoncer à trouver de nouvelles recettes au moyen d'une fiscalité plus juste, qui rende l'impôt plus progressif, qui fasse de la fraude fiscale un objet de lutte permanente, qui réduise drastiquement les opportunités d'optimisation fiscale. Mais l'on sait aussi les obstacles politiques en la matière. Et même à supposer l'installation à plus grande échelle d'une fiscalité environnementale, celle-ci ne sera acceptée qu'en étant juste; cela implique d'en redistribuer le produit et restreint grandement la part qui pourra

1 Jézabel Couppey-Soubeyran et Wojtek Kalinowski, « VII/ Financement de la transition écologique : où est le problème ? », CEPII (dir.), *L'économie mondiale 2024*, Paris, La Découverte, 2023, p. 101-117.

venir augmenter l'investissement public dans la transition, sans compter le principe tenace de non-affectation de la fiscalité. Il est donc fort peu probable que les masses d'investissements non rentables nécessaires à la bifurcation sociale-écologique puissent être financées en large part avec des impôts. En outre, les recettes fiscales dépendent de la croissance. Donc, plus l'on fera reposer le financement des investissements publics de transformation sur l'augmentation des recettes fiscales et plus la dépendance à la croissance restera forte. Or à moins de supposer possible un complet découplage entre croissance et dégradations environnementales, on butera là sur un dangereux paradoxe: pour réparer la Terre, il faudrait préalablement continuer de l'endommager davantage!

Peut-on alors compter davantage sur la dette publique? Là aussi, plusieurs obstacles se dressent. D'abord, les marges de manœuvre sont restreintes par les règles budgétaires de l'Union européenne, qui en dépit de leur réforme maintiennent le seuil de déficit public excessif à 3 % du PIB et un seuil de dette publique excessive à 60 % du PIB. Ensuite, même à supposer que l'étau budgétaire se desserre, il faut de la croissance pour rembourser la dette et assurer sa soutenabilité. Se pose à nouveau la question de savoir si l'on peut rester dans un projet de société de croissance sans continuer d'enfreindre une à une les limites planétaires (6 sur 9 sont déjà dépassées ou très près de l'être)? Enfin, la dette soumet à la pression du créancier: les États se soumettent aux pressions du marché et n'ont ainsi de cesse d'importer une logique marchande de fonctionnement.

Sans innover dans les modes de financement publics, la transition écologique n'aura pas lieu. Des solutions monétaires mobilisant la Banque centrale sont envisageables. Toutes ne se valent pas.

1. La Banque centrale pourrait soutenir les investissements publics de transition en s'engageant à racheter les titres publics spécialement émis pour les financer. Le coût des emprunts souverains s'en trouverait diminué et la valeur de ces actifs augmenterait sur les marchés. Mais ce sont avant tout les investisseurs privés qui profiteraient de l'opération, avec potentiellement une montée des inégalités et de l'instabilité financière. Ce serait un capitalisme verdi mais toujours aussi instable.

2. La Banque centrale pourrait aussi sanctuariser ses créances de titres souverains en les transformant en dette perpétuelle voire en les annulant. Au bilan consolidé de l'Eurosystème, il y avait encore fin décembre 2023 un peu plus de 4600 milliards de titres – en majeure partie de dette publique. Cela rendrait la dette soutenable même sans croissance. Cette soutenabilité serait toutefois obtenue en défaisant la dette de ses attributs (puisqu'elle deviendrait quasi gratuite et non remboursable), ce qui tend à démontrer que la dette publique de marché n'est pas une solution viable.

3. Des avances de la Banque centrale aux États ou des possibilités de découvert pour ceux-ci sur leur compte à la Banque centrale auraient quant à eux l'avantage de les soustraire à la pression du marché. C'est cependant interdit par le Traité sur le fonctionnement de l'Union européenne (TFUE), et pourrait se révéler dangereux à l'heure où nos démocraties se montrent de plus en plus fragiles. Dans la même perspective, une subvention de monnaie centrale aux États élargirait leurs possibilités d'investissement mais se heurterait vraisemblablement à la même interdiction, même si le TFUE interdit des « avances » et des « découverts » et non pas des « subventions ».

4. Une émission de monnaie centrale libre de dette serait néanmoins particulièrement bien adaptée au financement d'investissement sans retour financier et ne serait pas explicitement interdite si celle-ci allait non pas à l'État mais à une société financière chargée d'allouer cette encaisse sous forme de subventions à des projets d'investissements que des ménages, des entreprises privées et publiques, des organismes publics lui soumettraient et qui seraient éligibles dès lors qu'ils présenteraient un caractère indispensable non rentable. Il s'agirait autrement dit de constituer des fonds mutuels de subventions en monnaie centrale pour financer l'indispensable non rentable, sans se heurter dans l'Union européenne à l'interdit de l'article 123. Ce type-là de dispositif monétaire mettrait la monnaie centrale au service du bien commun et permettrait d'accélérer la transition. Nous l'explicitons avec Pierre Delandre et Augustin Sersiron dans *Le pouvoir de la monnaie* (Les Liens qui libèrent, janvier 2024) en en précisant les modalités: une gouvernance ouverte sur la société civile, une batterie d'instruments de régulation monétaire pour contrer le risque inflationniste, une organisation en réseau avec un niveau européen et des déclinaisons nationales, régionales, locales des fonds mutuels afin d'allouer les subventions au plus près des besoins. Les obstacles à faire céder pour y parvenir sont bien plus idéologiques que juridiques! La mise en place de ce réseau de fonds mutuels n'a rien d'incompatible avec le cadre institutionnel actuel. Celle-ci permettrait de déployer un véritable service public de la monnaie en réponse à un besoin collectif de transformation sociale-écologique, au moyen d'un mode d'émission monétaire démarchandisé et définanciarisé qui contribuerait à un rééquilibrage entre sphères marchande et non marchande.

LA DÉCROISSANCE POUR MIEUX PARTAGER

Michel Lepesant

FONDATEUR DE LA MAISON COMMUNE DE LA DÉCROISSANCE

Baptiste Mylondo

ENSEIGNANT À SCIENCES PO LYON, AUTEUR DE *TRAVAILLER SANS PATRON* (SEUIL, 2024)

« CELUI QUI PENSE QU'UNE CROISSANCE INFINIE EST POSSIBLE DANS UN MONDE FINI EST SOIT UN FOU, SOIT UN ÉCONOMISTE », AFFIRMAIT KENNETH BOULDING (LUI-MÊME ÉCONOMISTE) DANS UNE CÉLÈBRE BOUTADE.

De fait, par l'emprise qu'elle exerce aujourd'hui sur l'ensemble de la société, l'économie rend fou. Mais la formule de Boulding peut devenir désespérante lorsqu'elle conduit à faire de la rareté la justification la plus courante de la décroissance économique. Une telle posture pose en effet trois types de problèmes.

1. Le discours des limites (qu'il porte sur les ressources disponibles ou les limites planétaires) peut facilement conduire à prôner une décroissance à reculons… Faute de pouvoir continuer à croître, il faudrait se résoudre à décroître. Mais qui voudra de cette décroissance subie ?

2. On voit bien que l'imaginaire qui accompagnerait cette décroissance est celui de la rareté, de la pénurie, du rationnement. Et c'est en premier lieu sous cet angle qu'apparaît l'impératif de partage. Dans cette optique, c'est bien la rareté des ressources qui imposerait leur partage.

3. On voit mal, alors, où se situerait la rupture radicale avec l'économie politique de la croissance, dans la mesure où la décroissance en validerait le présupposé fondamental : la lutte contre la rareté[1]. Certes, la réponse apportée au problème n'est pas la même, mais sans doute faudrait-il prendre la peine de questionner ce supposé problème de rareté !

---

1 Lionel Robbins, *Essay on the Nature and Signifiance of Economic Science*, Londres, Macmillan, 1932, p. 18. Notons que, de son côté, Philippe van Parijs fait de la rareté une condition de toute question de justice (*Qu'est-ce qu'une société juste ?*, Paris, Seuil, 1991, p. 242).

Commençons donc par renverser le postulat de la science économique, celui qui légitime l'emprise de l'économie sur la société. *Plutôt que de faire de la rareté la condition du partage, il serait sans doute plus juste de faire du partage la condition de l'abondance*, et la décroissance consiste alors à proposer des *trajectoires* permettant d'organiser ce partage, de mutualiser les ressources, de ne pas s'imaginer gérer la pénurie, mais de gérer l'abondance au contraire, et plus encore, de la gouverner.

***

L'idée peut sembler contre-intuitive aujourd'hui, dans nos sociétés de croissance marquées par le manque. Comment parler d'abondance lorsqu'un pays aussi opulent que la France compte encore plus de 9 millions de personnes en situation de pauvreté ? Comment parler d'abondance quand si peu se satisfont de ce qu'ils ont ? Même parmi les plus riches des plus fortunés, combien estiment avoir assez ? Et c'est là l'un des principaux maux de la croissance et de son monde, elle interdit de se poser la question du suffisant. Or, à vouloir toujours, nous ne pouvons qu'être condamnés à n'avoir jamais assez, à vivre indéfiniment dans le manque.

C'est l'un des enseignements que l'on peut tirer des travaux de l'anthropologue Marshall Sahlins, qui, dans son fameux ouvrage *Âge de pierre, âge d'abondance* (1972), nous montre que les sociétés « primitives » ont été des sociétés d'abondance, tout simplement parce qu'elles ont su se poser la question du suffisant et adopter les normes sociales adéquates pour encadrer les besoins et organiser le partage. Encadrer les besoins d'abord, car ce que l'on ne désire pas ne manque jamais.

En clair, à vouloir toujours plus on en vient à penser que le monde ne suffit pas, alors que ce ne sont pas les ressources qui sont trop rares, mais plutôt nos désirs qui sont excessifs. C'est pourquoi la décroissance implique une politique collective d'autolimitation : nous devons nous poser la question, insensée dans une société de croissance, du suffisant. Il doit bien s'agir d'une politique collective, car un tel projet ne peut être individuel ou simplement affinitaire, il doit être instituant. Il doit rappeler que la liberté ne consiste pas à fournir le maximum de moyens aux caprices individuels – c'est la promesse de la croissance – mais à empêcher la course à l'illimitation et à l'accumulation des pouvoirs. En fin de compte, quand bien même il n'y aurait aucune limite, il serait bon de choisir nos bornes et d'y voir une condition nécessaire de l'abondance (pour ne pas décroître à reculons)[2].

***

Condition nécessaire, mais pas suffisante, car encore faut-il organiser le partage. En effet, pour que tout le monde ait assez, il est impératif que personne n'ait trop. Sur ce point, les travaux d'Alain Testart, vulgarisés par Christophe

2 Voir Giorgos Kallis, *Éloge des limites*, Paris, PUF, 2022.

Darmangeat, sont particulièrement éclairants[3]. Se penchant sur le fonctionnement des sociétés égalitaires, les deux anthropologues constatent que ces sociétés sont peuplées de gens comme vous et nous, d'humains tout aussi vicieux et vertueux que nous pouvons l'être. Mais dans ces sociétés, le partage est la norme. Un pygmée Aka ne saurait par exemple s'approprier seul le fruit de sa chasse, une famille Inuit ne pourrait refuser de partager un repas en période de disette, chez les Bushmens, toute propriété entraînant un déséquilibre au sein de la société doit impérativement circuler parmi les membres ou être immédiatement partagée.

La décroissance peut alors se définir comme la trajectoire politique visant à se doter des institutions de partage adéquates, pour mieux partager. Lorsqu'on fait de la rareté la condition du partage, celui-ci prend souvent la forme d'un don asymétrique entre un propriétaire charitable et un bénéficiaire qui subit un rapport de domination (volontaire ou non). À l'inverse, quand le partage est la condition de l'abondance, alors ce qui est partagé, c'est la copossession du monde[4], entre copropriétaires, c'est-à-dire entre participants d'une société vitalisée par un sentiment d'appartenance. Ce partage suppose sans doute de reconnaître l'existence d'un commun primordial.

Cette conception du partage fondée sur l'abondance implique alors trois types d'institutions destinées à gérer trois parts distinctes. D'abord, il faut s'organiser pour que chacun reçoive la part qui lui revient, en tant que membre de la société qu'il contribue à animer. Cela peut prendre la forme d'un revenu inconditionnel, garantissant à toutes et tous l'accès aux biens et services essentiels[5]. Ensuite, puisqu'il y a bien assez pour que tout le monde puisse vivre dignement, il convient de partager l'excédent. C'est la « part souveraine » dont parle Georges Bataille. L'enjeu est d'allouer collectivement ce surplus, de le dépenser dans une optique explicitement politique, au lieu de le privatiser au profit d'une minorité ou dans une surconsommation hystérique. Il nous faut donc partager des lieux, des monuments, des cérémonies et des moments pendant lesquels l'objectif déclaré est, institutionnellement, la préservation (l'entretien et la protection) de la vie sociale, et anthropologiquement, l'expression de notre souveraineté[6]. Vient enfin la troisième et dernière part, inaliénable. Car après avoir organisé une juste répartition des usages et des fruits du commun, le bon sens est de conserver une part sauvage, indisponible, afin que nul ne puisse risquer d'en abuser, mais aussi pour conjurer la peur de manquer.

---

3 Voir notamment Christophe Darmangeat, *Conversation sur la naissance des inégalités*, Marseille, Agone, 2013.

4 Voir Pierre Crétois, *La copossession du monde*, Paris, Amsterdam, 2023.

5 Pour une théorie contributiviste de la justice et une conception décroissante d'un revenu inconditionnel sans contrepartie, Michel Lepesant et Baptiste Mylondo, *Inconditionnel, Anthologie du revenu universel*, Bordeaux, Le Détour, 2018.

6 Onofrio Romano, « Dépense », dans Giorgos Kallis et al., *Décroissance, Vocabulaire pour une nouvelle ère*, Lorient, Le passager clandestin, 2015, p. 195-201.

LES NOUVELLES CONSOMMATIONS

Agnès
Crozet

DIRECTRICE GÉNÉRALE ADJOINTE
DE L'OBSOCO, L'OBSERVATOIRE
SOCIÉTÉ ET CONSOMMATION

LA MUTUALISATION DES USAGES N'EST PAS UN PHÉNOMÈNE NOUVEAU : SONGEONS PAR EXEMPLE AUX BIBLIOTHÈQUES MUNICIPALES, AUX BOUTIQUES DE LOCATION DE DVD, AUX LAVERIES, OU ENCORE AUX AGENCES DE LOCATION DE VOITURES.

Pour autant, elle a connu ces dernières années une forte expansion sous l'impulsion de grandes mutations, économiques, sociétales et technologiques, qui ont amené à l'émergence de ce que l'on nomme l'économie collaborative et qui a profondément transformé le visage de la consommation.

L'expression « consommation collaborative », souvent employée pour décrire ces nouveaux modes de consommation, a été popularisée avec la parution en 2010 de l'ouvrage des consultants américains Botsman et Rogers, *Whats mine is yours: the rise of collaborative consumption*[1]. Les auteurs y distinguaient trois types de consommation collaborative :

- les systèmes de redistribution, qui organisent le transfert permanent de propriété d'un objet via la revente, le troc ou le don. Dans ce cas, la mutualisation se traduit par le prolongement de l'usage de l'objet, en lui offrant une « seconde vie » ;

- les systèmes qui organisent l'accès à des ressources (bien, véhicule, espace) sans transfert de propriété : location d'objets entre particuliers, modèles d'autopartage ou de vélopartage, etc. Dans ce cas, la mutualisation vise l'intensification de l'usage d'un objet, en multipliant le nombre d'usagers sur un temps donné ;

1 Botsman Rachel, Roo Rogers, *What's Mine Is Yours: The Rise of Collaborative Consumption*, New York, HarperCollins, 2010.

- les styles de vie collaboratifs, qui organisent l'échange non pas d'un bien mais d'un service (covoiturage, couchsurfing, jardins partagés, bricolage, etc.) entre particuliers.

Dix ans plus tôt, dans *The Age of Access*[2], l'économiste et sociologue américain Jeremy Rifkin théorisait que l'économie de marché basée sur la propriété allait laisser la place à une économie fondée sur l'accès: l'usage de biens deviendrait indépendant de leur possession. C'est l'économie de la fonctionnalité, où l'accent est mis non pas sur la possession d'objets, mais sur le service auquel leur possession permet d'accéder. En d'autres termes, ce qui importe n'est pas de posséder une voiture, mais de pouvoir se déplacer. Un modèle potentiellement vertueux sur le plan environnemental, puisque dans le cadre de l'économie de la fonctionnalité, le produit qui est utilisé par le consommateur final reste la propriété de celui qui dispense le service. Or la rentabilité de ce dernier dépend de la durabilité de ses produits. Il n'est donc pas du tout dans son intérêt de pratiquer l'obsolescence programmée. Au contraire, plus le matériel sera utilisable longtemps, facile à entretenir, à réparer, plus l'exploitation sera profitable.

La diffusion des pratiques de consommation mutualisée est donc dépendante d'une prise de distance à l'égard de la propriété. Ce que l'on observe d'ailleurs dans les enquêtes de L'ObSoCo: fin 2023, 79 % des Français se déclaraient en accord avec l'affirmation selon laquelle « aujourd'hui, l'important c'est de pouvoir utiliser un produit plutôt que de le posséder », dont 33 % « tout à fait d'accord[3] ». L'idée qu'il est possible de dissocier le bénéfice des effets utiles de la propriété du produit est désormais profondément ancrée dans l'esprit d'une part importante de consommateurs.

Pourtant, malgré l'adhésion majoritairement à ce principe, la réalité de l'engagement des Français dans ces pratiques reste encore embryonnaire. Ainsi, en 2023, 4 % des Français déclaraient avoir eu recours à l'autopartage au cours des douze derniers mois, 5 % au vélopartage et 3 % avaient eu recours à la location de produits (hors automobile). Des chiffres qui reflètent sans doute le manque d'offres disponibles à l'échelle de l'ensemble du territoire. Les Français étaient cependant 1 sur 5 à avoir eu recours au covoiturage, conducteur ou passager. Au final, ce sont surtout les pratiques de redistribution qui sont les plus diffusées: plus de la moitié des Français ont ainsi déjà acheté (57 %) ou vendu (52 %) un produit d'occasion. 68 % ont recours au don, 32 % à l'emprunt d'objet.

On retrouve globalement les mêmes registres de motivations sous-tendant l'engagement dans ces nouvelles formes de consommation, dont les niveaux d'intensité varient selon les pratiques mais aussi selon les individus. Motivations qui se sont renforcées ces dernières années dans un contexte où la soutenabilité de nos modes de consommation est de plus en plus interrogée, tant au niveau

---

2 Jeremy Rifkin, *The Age of Access: The New Culture of Hypercapitalism, Where all of Life is a Paid-For Experience*, Ed. Paperback, 2000.

3 L'ObSoCo, *Baromètre du pouvoir et des intentions d'achat*, décembre 2023.

collectif (épuisement des ressources) qu'au niveau individuel (renforcement des inégalités).

La motivation financière se retrouve d'ailleurs en tête des finalités à l'achat ou à la revente de biens d'occasion, mais les considérations environnementales entrent également en ligne de compte pour une large partie des adeptes de la seconde main, ou pour ceux ayant recours à la location de biens. Même si, comme le montrent différentes études notamment menées par L'ObSoCo, la consommation d'articles de seconde main entraîne chez certains une surconsommation liée à l'accumulation ou au renouvellement rapide de biens achetés moins cher.

Les motivations utilitaires (pouvoir accéder à un bien que l'on ne trouve pas ailleurs ou à un service lorsqu'il n'existe pas) sont également importantes, par exemple pour le covoiturage. Plus largement, l'aspiration à consommer autrement, à donner du sens à sa consommation, ainsi qu'une forme de défiance à l'égard du modèle d'hyperconsommation, sont aussi de puissants moteurs à l'engagement dans ces pratiques. Enfin, une part non négligeable des utilisateurs soulignent que ces modes de consommation favorisent le lien social voire l'entraide; c'est notamment le cas pour le covoiturage ou l'usage de jardins partagés.

Ces pratiques collaboratives contribuent ainsi à remettre le lien au centre de la consommation, quand cette dernière s'était de plus en plus réduite à une transaction, oubliant trop souvent qu'elle est d'abord un échange, dans toutes ses dimensions. Face à un modèle de consommation de masse, elles sont aussi un moyen de répondre à une demande qui s'hétérogénéise sous l'effet de l'individualisation de la société, un processus par lequel les citoyens-consommateurs demandent à être reconnus dans leurs singularités. Individualisation, à ne pas confondre avec individualisme: comme le dit le politiste Pierre Bréchon, « chacun son choix » n'est pas « chacun pour soi », bien au contraire. Et de fait, la troisième catégorie de consommation collaborative, qui relève moins du partage d'objets tangibles que de ressources immatérielles, invite à sortir de l'individualisme pour replacer les liens sociaux au cœur de ces nouveaux mode de vie et de consommation.

SANS MUTUALISATION, PAS D'ALTERNATIVE SOLIDAIRE POSSIBLE EN LIGNE FACE AUX GÉANTS DU NUMÉRIQUE !

Maud
Sarda

DIRECTRICE DE LABEL EMMAÜS
ET COPRÉSIDENTE DES LICOORNES

APRÈS SEPT ANS D'EXISTENCE, LABEL EMMAÜS EST UNE MARKETPLACE QUI FÉDÈRE AUJOURD'HUI PLUS DE 180 STRUCTURES DE L'ÉCONOMIE SOCIALE ET SOLIDAIRE (ESS).

Il y a des associations, des coopératives mais aussi des entreprises avec l'agrément « entreprise solidaire d'utilité sociale » (ESUS). Tous sont des acteurs non lucratifs ou à la lucrativité limitée, dont l'activité de réemploi est au service d'un projet social et/ou environnemental. Plusieurs grands réseaux participent à l'aventure : Emmaüs France bien sûr, mais aussi le Réseau national des ressourceries et recycleries (RNRR), la fédération Envie, la Croix-Rouge française, le Secours catholique, ou encore l'Armée du Salut, et de nombreux acteurs indépendants.

Pourquoi la boutique en ligne du mouvement Emmaüs est-elle finalement devenue la marketplace de l'ESS ? Cette orientation n'est pas récente, elle était dans la genèse même du projet : face aux géants du numérique et à leurs budgets webmarketing démesurés par rapport aux nôtres, seul un projet fort de mutualisation, abrité sous une bannière de grande notoriété comme Emmaüs, avait une chance d'exister !

Mais peut-être vous demanderez-vous pourquoi il est si important de s'opposer aux grandes plateformes numériques capitalistes. Beaucoup de domaines pourraient l'illustrer, mais je vais parler de celui que je connais, le mien : la seconde main !

Il m'arrive souvent d'entendre : « OK Vinted est une entreprise capitaliste, mais ça va quand même dans le bon sens, c'est quand même mieux que rien non ? »

Le souci, c'est justement qu'il n'y avait pas « rien » avant Vinted... Il y avait déjà un tissu associatif très important dans le réemploi, les réseaux mêmes que j'ai listés précédemment comme les partenaires de la plateforme Label Emmaüs. C'est bien d'ailleurs pour cela que Vinted s'est autant développé dans notre pays, c'est grâce à cette culture associative autour du réemploi, et notamment le poids d'Emmaüs dans la seconde main. Ce mouvement reçoit très peu de subventions privées et publiques, pour rester le plus libre possible dans sa parole comme dans son accueil, et vit depuis des décennies des dons faits par les particuliers qu'il valorise et vend dans ses 500 points de vente. Or avec la marchandisation galopante de la seconde main, qui continuera demain à donner s'il est si simple de vendre ? Est-ce alors Vinted qui hébergera et fournira un travail à 10 000 compagnons par an, des personnes toutes en situation de grande exclusion ? Est-ce Vinted qui remplacera l'inestimable lien social que créent toutes les ressourceries et bric-à-brac partout sur le territoire ?

Mais au-delà de la dimension solidaire totalement absente des plateformes numériques capitalistes, sont-elles seulement éco-responsables ? Quand on sait que les marques les plus vendues sur Vinted sont celles de l'ultra fast-fashion, et que les colis circulent dans le monde entier, cela laisse songeur... Sans compter évidemment que tout est fait pour pousser à la vente, puis à l'achat, puis à la vente, etc. Certains parlent même d'addictions... Des comportements bien éloignés de la fameuse sobriété qu'il nous faut absolument adopter pour réussir un début de transition écologique. Est-ce bien surprenant quand on connaît les fonds d'investissement qui investissent au capital des plateformes numériques de la seconde main et du reconditionné ? Un exemple suffira : au capital de Back Market, plateforme de vente de produits high-tech reconditionnés, se trouve... Goldman Sachs !

Alors oui, incarner une alternative solidaire, éthique, sobre et coopérative, face à ces géants est presque une question de survie. Vendre des produits en ligne n'est évidemment qu'une excuse, que l'activité support de notre combat, comme les magasins physiques le sont. L'objectif est ici de communiquer sur le web, de s'emparer des réseaux sociaux, de sensibiliser et convaincre, de militer, mais aussi de former des personnes éloignées de l'emploi à des métiers d'avenir.

Ce combat, c'est clairement David contre Goliath, mais quel choix avons-nous ? Et imaginons que nous réussissions à devenir une plateforme de référence pour les consommateurs français, quelle meilleure preuve aurons-nous pour montrer que même dans un univers ultra-concurrentiel, une autre économie est possible, fondée sur le partage et l'entraide ?

Pas d'autre choix donc que de se mutualiser dans l'ESS, et même si le chemin a été (et est toujours) très long, comme tout projet de conduite du changement !

Tout d'abord, nous nous sommes battus pour faire adhérer tous les acteurs à un rêve commun, celui d'une marketplace capable d'incarner une alternative aux géants du e-commerce, tout en essayant de raisonner les craintes, en faisant prendre conscience que la réelle concurrence se trouve dans le monde lucratif et la marchandisation croissante de la seconde main.

Nous avons également fait voter en assemblée générale la décision stratégique d'ouvrir au reste de l'ESS la plateforme Emmaüs et nous nous sommes donné des garde-fous statutaires importants comme une pondération des voix plus fortes pour les vendeurs Emmaüs.

Puis, nous avons commencé l'ouverture par des structures « cousines » qui soulevaient moins de réticences, comme Artisans du monde ou des associations Envie, pour poursuivre petit à petit avec celles qui historiquement étaient plus considérées comme « concurrentes » sur les territoires.

Enfin, nous nous sommes donné des règles éthiques strictes pour valider l'arrivée d'un vendeur externe au mouvement Emmaüs, avec un contrat d'affiliation qui cadre le partenariat et en particulier l'utilisation du nom « Emmaüs », un système de parrainage par des groupes Emmaüs locaux, et enfin une validation systématique des candidatures par un comité éthique.

Aujourd'hui, les grandes têtes de réseaux de l'ESS coopèrent de plus en plus, en particulier en matière de lobbying auprès des pouvoirs publics, mais aussi de façon plus opérationnelle avec la création par exemple de l'Union du réemploi solidaire (Emmaüs France, Envie, RNRR, Coorace, ESS France) qui aimerait pousser la mutualisation jusqu'à la création de projet commun concret comme une école du réemploi. Il est important de garder en tête que nous avons plus en commun qu'en différence, et que nous servirons forcément mieux nos combats sociaux et environnementaux en nous rassemblant.

La mutualisation est certes indispensable mais elle est loin d'être suffisante. Sans une action forte des pouvoirs publics pour protéger notre économie, en particulier solidaire, nous n'avons que peu de chances de résister à des rouleaux compresseurs comme Amazon, Shein ou Temu. Rendez-vous compte: Temu a dépensé en 2023 plus de 2 milliards de dollars en publicité sur les réseaux sociaux de Meta... C'est une vaste hypocrisie que de laisser le consommateur seul responsable de la transition face à de telles pratiques commerciales, et nos structures s'épuiser pour des résultats qui donnent certes de l'espoir, mais ne changent fondamentalement que peu de choses face à l'urgence écologique et sociale de notre pays.

MUTUALISONS LES TRANSITIONS LOCALES !

Camille
Dorival

DIRECTRICE DE LA RÉDACTION DE CARENEWS,
MEMBRE DU CONSEIL EXÉCUTIF DU LABO DE L'ESS,
AUTRICE DE *LA TRANSITION ÉCOLOGIQUE : ICI ET MAINTENANT* (LES PETITS MATINS, 2021)

FACE AUX DÉFIS ENVIRONNEMENTAUX ET CLIMATIQUES, IL DEVIENT URGENT DE FAIRE ÉVOLUER NOS SOCIÉTÉS ET NOS ÉCONOMIES VERS DES MODÈLES PLUS DURABLES. MAIS QU'EST-CE QU'UNE SOCIÉTÉ DURABLE ?

Pour Le Labo de l'ESS[1], c'est une société « qui économise les ressources dont elle dispose, en évitant le gaspillage et en limitant les déchets qu'elle génère; qui questionne ses besoins pour se recentrer sur l'essentiel; qui trouve la joie ailleurs que dans la seule consommation ». C'est aussi une société « qui est soucieuse des autres espèces, de la préservation de la biodiversité; qui reconnaît l'interdépendance du vivant avec la terre; qui est ancrée dans le local, dans le territoire comme lieu de vie ».

Le territoire devient donc le lieu privilégié de la transition vers une société durable; celui sur lequel on agit concrètement, on imagine des solutions pour faire évoluer nos modèles, on innove socialement et environnementalement, en réponse à des besoins identifiés que le marché ne satisfait pas; celui où on invente le monde de demain. Les transitions locales sont notamment mises en œuvre par des acteurs de l'économie sociale et solidaire. Pour être plus efficaces, pour faire davantage système, un grand nombre d'entre eux ont fait le choix de la coopération – travailler

1 « Réussir une transition écologique juste », Le Labo de l'ESS, 2023.

ensemble sur certains projets –, mais aussi de la mutualisation de pratiques, de savoir-faire, de matériel, de risques, de moyens de communication ou encore de plaidoyer.

Parmi les initiatives intéressantes en la matière, citons Énergie partagée. Ce réseau fédère des collectifs citoyens qui ont créé, sur tous les territoires de l'Hexagone, des dispositifs de production d'énergies renouvelables. Le réseau a trois missions: accompagner, outiller et faciliter les projets, portés par des citoyens qui n'ont pas forcément les savoir-faire techniques nécessaires au montage de tels dispositifs; former et sensibiliser le public à l'énergie citoyenne et en porter le plaidoyer; mais aussi rassembler de l'épargne citoyenne pour soutenir ces projets, grâce à un outil mutualisé d'investissement en capital dans les entreprises concernées. Par la mutualisation, Énergie partagée favorise donc la sécurisation des projets, en leur apportant des méthodologies, des savoir-faire, de la visibilité, et les financements nécessaires à leur création ou leur développement.

Lancée en 2021, l'alliance des Licoornes rassemble douze coopératives qui veulent transformer radicalement l'économie pour aller vers des modèles plus coopératifs, plus démocratiques, au service de l'intérêt général. Parmi ces coopératives, citons Mobicoop, qui propose des solutions de co-voiturage solidaire, Label Emmaüs, plateforme de vente en ligne de produits de seconde main (voir l'article de Maud Sarda P. 68), ou encore Telecoop, opérateur téléphonique coopératif.

Si chacune des coopératives engagées dans le mouvement a des activités assez distinctes de celle des autres, l'objectif de cette union est de favoriser les coopérations entre elles, mais aussi la mutualisation de certains moyens. C'est ainsi que l'une des premières actions de l'alliance a été de lancer une opération de communication commune visant à lever 2,5 millions d'euros, en proposant à des citoyens d'acquérir des parts sociales d'une ou plusieurs de ces coopératives, pour en devenir sociétaires. Mutualiser cette campagne de communication et de levée de fonds permettait d'en accroître l'efficacité et l'audience et d'en démultiplier les résultats.

Les Licoornes ont fait partie des nombreux acteurs à s'associer à l'opération Milliard, initiée en juillet 2023. Celle-ci a pour objectif de collecter un milliard d'euros pour soutenir le développement des initiatives citoyennes œuvrant en faveur de la transition juste. Là encore, plutôt qu'entrer dans une logique de concurrence, le choix est fait d'inciter les différentes initiatives à coopérer entre elles, de mutualiser la communication autour de leurs actions ainsi que le plaidoyer sur la nécessité de mieux financer la transition juste, pour faire système.

Le mouvement s'est fixé cinq objectifs: construire un récit commun de la transition écologique juste; agréger les réseaux et organisations existantes; créer et faire vivre la confiance entre ces acteurs en partageant un réseau de lieux et un média commun; mieux connaître les besoins de financement des organisations agissant pour la transition écologique juste; mieux connaître les besoins et attentes des épargnants, financeurs et autres organisations vis-à-vis d'une transition écologique juste. Ces objectifs consistent tous à mutualiser des moyens et des réflexions, pour faire entendre la voix de ceux qui aspirent à une société durable et pour leur permettre d'agir à la hauteur des enjeux qui s'ouvrent à nous.

Ce n'est pas un hasard si cette opération Milliard associe des centaines de tiers-lieux à travers la France, qui constituent eux-mêmes de véritables laboratoires de mutualisation. À la fin des années 1980, le sociologue américain Ray Oldenburg théorisait les tiers-lieux comme des lieux situés hors du domicile et de l'entreprise, où les gens aiment sortir et se regrouper de manière informelle. Il s'agit de lieux où l'on *fait* ensemble, on *crée* ensemble, on *réfléchit* ensemble: espaces de coworking, fablabs, friches culturelles, etc. Au-delà d'être des espaces de sociabilisation, de convivialité et de pratique de la démocratie, ces lieux ont pour fonction de mutualiser un certain nombre de ressources: des espaces et du matériel, mais aussi des apprentissages, des compétences, de la documentation ou de la visibilité[2].

Quelle que soit la forme qu'elle prenne, la mutualisation a donc de nombreuses vertus. Les échanges de pratiques, la mutualisation de savoir-faire, de compétences techniques, de matériel parfois coûteux, du plaidoyer, des outils de financement... favorisent le démarrage et le développement d'initiatives locales de la transition dans une logique de coopération entre acteurs plutôt que de concurrence mortifère. La mutualisation contribue ainsi à déployer ce que Pablo Servigne appelle une « culture de l'entraide ». Comme le note le chercheur, « alors que la culture de la compétition nous fragilise socialement et nous fait perdre confiance en la nature humaine », l'entraide « est une force horizontale qui rapproche les gens », dont nous avons plus que jamais besoin face aux défis sociaux et environnementaux du XXIe siècle.

2 Voir Aurélien Denaes et Fanny Le Brech, « Les tiers-lieux, des espaces de sociabilité pour renouveler la vie en communs », dans Fanélie Carrey-Conte et Philippe Eynaud (dir.), *Communs et économie solidaire*, Paris, Les Petits matins, coll. Mondes en transitions, 2023.

UNE ILLUSTRATION DE TERRAIN : LES VALLÉES DES ALPES MARITIMES APRÈS LA TEMPÊTE ALEX

Xavier
Pelletier

ANCIEN PRÉFET DÉLÉGUÉ À LA RECONSTRUCTION DES VALLÉES DES ALPES MARITIMES, SUITE À LA TEMPÊTE ALEX

EN COLLABORATION AVEC CÉLINE PELLETIER QUI A PILOTÉ, POUR LA DIRECTION INTERMINISTÉRIELLE DE LA TRANSFORMATION PUBLIQUE, LE DISPOSITIF INÉDIT DE CONCERTATION.

DANS *LA TEMPÊTE* DE SHAKESPEARE, ALORS QU'IL AFFRONTE LE DÉLUGE DE LA MER ET QUE LE NAUFRAGE DEVIENT INÉLUCTABLE, LE CONTREMAÎTRE DU NAVIRE, QUI EMBARQUE LE ROI DE NAPLES ET QUI SOMBRERA BIENTÔT, LANCE À UN PASSAGER « QU'IMPORTE AUX VAGUES LE NOM DU ROI ? ».

Cette répartie, qui traduit le renversement des « certitudes », résume aussi l'urgence à faire face collectivement, à réveiller l'impératif de survie. Coopérer, oublier les grades, les frontières, la nature des différences, c'est s'engager dans un combat qui s'adresse à la vie et qui impose la résistance absolue.

La tempête Alex, qui a dévasté les vallées de l'arrière-pays niçois en octobre 2020, a amené, par la force des choses, les différents acteurs, politiques, administratifs, habitants à se lever d'un seul bloc, à se dresser pour contrer le péril.

Cette « union sacrée », il était important de l'entretenir durant la longue marche vers la reconstruction, avec la volonté d'engager ces territoires de montagne vers une plus grande résilience, aussi bien dans la remise en place des infrastructures et des équipements que dans l'identification d'un avenir après crise, de projets de rebond, de développement durable, afin de réenchanter le territoire, tout en incarnant le paradigme nouveau : « comment mieux habiter le territoire demain ».

Cette ambition a nécessité de transcender le champ de la répartition des compétences, les méthodes de travail classiques, institutionnelles, administratives pour inventer de la mutualisation. Cette philosophie n'est pas instinctive pour tous, mais elle a permis de progresser plus efficacement sur un terrain plus innovant en matière de pilotage des politiques publiques.

Concrètement, lancer le chantier de la reconstruction en instituant un comité technique au sein duquel le partage était la règle, avec la volonté de cultiver l'échange d'expertises et d'informations afin d'appréhender ensemble, et mieux, les leçons livrées par cet événement tragique, a permis à tous les protagonistes (services de l'État, collectivités territoriales...) de produire des analyses communes. Cette méthode a favorisé la définition partagée des nouvelles zones de danger, des cartes de l'aléa pour ensuite travailler sur les stratégies de protection et de renforcement de la résilience. La mutualisation des approches a contribué à fortifier la pédagogie et les enseignements à tirer d'une catastrophe que personne n'avait anticipée et bien entendu ne souhaite revivre.

La mutualisation a ses exigences; elle n'est pas magique. Sur le thème précis du retour d'expérience, il reste parfois difficile de lutter contre ceux, très minoritaires, qui continuent à penser « qu'une telle catastrophe ne se renouvellera pas » et que l'on peut encore « adapter » certains aménagements au regard d'un aléa pas totalement certain !

La mutualisation, dont le principe est bien connu des assureurs, est de mettre en commun les ressources nécessaires, de massifier pour faire face à des dommages difficilement supportables pris individuellement. Au regard des bouleversements climatiques que décrivent les scientifiques, parfaitement explicités par le GIEC, avec ses manifestations météorologiques violentes, dont l'impact géographique précis reste toujours difficile à déterminer, mutualiser sur les champs de la prévention du risque représente une forme supérieure qui revient à anticiper et tenter « d'apprivoiser » davantage le risque, ou, au moins, à l'atténuer, à le rendre plus identifiable et gérable dans ses conséquences.

C'est finalement cela, la résilience. Objectiver l'aléa, travailler sur le scénario le plus probable afin de protéger, réduire, atténuer les effets d'un passage à la réalité du désastre, voire être en mesure de les anticiper. C'est aussi construire de l'acceptabilité programmée. L'essentiel est donc bien d'intégrer, de mutualiser l'appréhension, avec son cheminement intellectuel, qui passe du raisonnement, au travail d'appropriation collectif jusqu'à la capacité de mobilisation des énergies en cas de danger.

Pour aller plus loin dans l'esprit d'une reconstruction durable des vallées que le président de la République appelait de ses vœux, il fallait franchir un cap supplémentaire et réfléchir au petit chemin stimulant du devenir de ces territoires sinistrés. De passer en quelque sorte du cauchemar à la réparation, pour ensuite écrire de nouvelles pages et tracer les pistes d'un avenir de développement. Cela ne pouvait se concevoir qu'avec ceux qui vivent sur place, la philosophie de l'exercice étant également une forme de thérapie du dépassement. Il était donc essentiel de bâtir une réflexion mutualisée et d'engager les habitants dans une démarche de réenchantement et de projection. Comment habiter dans les vallées demain? Quelles activités, quel type de développement, avec quelles orientations? Nous sommes partis du tableau de l'existant: avec l'ensemble des parties prenantes, un diagnostic territorial a été réalisé pour photographier les atouts et les talons d'Achille de ces vallées en termes d'équipement (tourisme, santé...), de services, de projets... Ensuite, ouvrir les échanges avec les habitants et les maires avec une question centrale: comment vous voyez-vous vivre dans les vallées demain en gardant en toile de fond l'indispensable regard de durabilité, l'impératif de prise en compte des enjeux qui pèsent sur la planète et la préoccupation finalement de penser un territoire précurseur, vivant et ambitieux en matière de préservation des équilibres environnementaux, de valorisation d'un exceptionnel patrimoine naturel et historique ?

Bénéficiant de l'expertise de Céline Pelletier, directrice de projets à la DITP, j'ai ainsi envisagé et lancé une concertation citoyenne avec les habitants et les maires pour qu'ils puissent imaginer l'avenir de leur territoire. Pour moi, lancer ce travail collaboratif, mutualiser les approches, les réflexions, les envies, les options, c'était l'opportunité d'écrire un beau récit.

La démarche, qui a suscité un véritable élan du côté des habitants (près de 10 % de la population a contribué via la plateforme participative ou directement au sein des ateliers de travail), très bien accueillie par les maires des vallées, n'a pas reçu un écho très enthousiaste des « grands élus » des Alpes-Maritimes. En dépit d'un lourd travail de conviction, ils m'ont fait part de leur perception se résumant aux considérations finalement classiques: consulter les habitants n'a pas de « sens institutionnel », pas de « fondement démocratique »; les habitants-citoyens ont des élus, qui disposent d'un mandat et portent la voix des citoyens; c'est donc à eux de réfléchir et de proposer. Ces réserves, voire cette forme d'hostilité, ne m'ont pas découragé. J'ai su, cependant, que j'étais doublement comptable des résultats, à l'égard des participants bien sûr, mais aussi des « grands élus ».

Les contributions déposées sur la plateforme participative, qui nous ont livré plus de 200 projets, souvent très pertinents et parfois assez aboutis avec des ébauches de modèles économiques, tout comme les ateliers de travail, qui ont été des moments très forts, au cours desquels les habitants ont pu imaginer, éprouver et bâtir de belles perspectives dans tous les domaines de la mobilité en passant par les questions de développement économique, d'activités touristiques, de repositionnement de l'agriculture, ont montré les bénéfices de concerter, mutualiser... Le « mot d'ordre » avait été clairement passé dès le départ: proposer des projets compatibles avec les enjeux qui pèsent sur la planète. Donc des projets qui n'artificialisent pas, respectueux de la rareté des ressources, mettant en valeur les patrimoines qu'ils soient naturels, bâtis, historiques. L'ambition était aussi de réfléchir globalement, à l'échelle des trois vallées, avec évidemment des connexions aux territoires adjacents (la relation, par exemple, avec le littoral), sans oublier les liaisons et le travail sur les zones transfrontalières et donc les relations avec nos amis italiens. À titre d'illustration, réfléchir au développement d'un tourisme durable dans la haute Roya passe nécessairement par des échanges et la construction de stratégies communes avec le Piémont italien et les acteurs de la vallée de la Vermenagna qui a d'ailleurs été touchée par la tempête Alex.

Nous avons recueilli un matériau extrêmement riche, fait de propositions pragmatiques et pertinentes. Bien qu'un peu réticent au départ, certains m'ayant mis en garde sur le refus que m'opposeraient les maires, j'ai accepté qu'un travail de convergence entre les visions et les ambitions des maires, qui se sont prêtés au même exercice, et des habitants soit réalisé. Les maires ont non seulement accepté de jouer le jeu de l'échange, mais on peut dire que ce temps de mutualisation a été un succès, les ambitions des uns rejoignant les objectifs des autres.

Nous avons ensuite analysé, classé, puis éclairé toutes ces propositions dans des groupes de travail spécialisés sur les différents thèmes, groupes composés de spécialistes issus des services de l'État, des collectivités territoriales, des chambres consulaires, d'associations... Ce travail, cette expertise partagée des idées issues de la concertation citoyenne, nous a permis de préciser les grands axes et a permis aux collectivités territoriales de présenter des projets à un jury que j'ai mis en place – le Comité Avenir Vallée – afin de bien mesurer la durabilité de chaque proposition. Depuis le printemps 2023, des projets sont validés, l'État, qui avait réservé 50 millions d'euros pour cofinancer, débloque ses crédits.

Que retenir de tout cela ? Qu'il est aujourd'hui essentiel de rapprocher l'action publique des citoyens. L'expression citoyenne, mobilisée sur des objets qui nécessitent de la mutualisation dans l'approche, afin de tracer en concertation les contours, l'architecture d'une ambition, de trouver l'angle d'acceptabilité, est source d'enrichissement des processus démocratiques. Il faut bien entendu des méthodes éprouvées, solides, incontestables autour de « règles du jeu » transparentes ; il est aussi indispensable de concrétiser dès le départ le débouché vers une réalisation certaine – le financement doit ainsi être identifié et fléché. Cette respiration démocratique trouve, selon moi, sa raison d'être à la maille du territoire, au plus près du quotidien des citoyens, et constitue sans aucun doute un des modes de régénération de l'intérêt et de l'adhésion démocratique. Ce n'est pas le Graal absolu, mais un outil parmi d'autres pour réenchanter notre système démocratique et susciter l'adhésion vers des buts communs, des perspectives d'intérêt général. C'est dans la proximité, à l'échelle du territoire, en prenant réellement en compte la perception et l'expérience de vie des Français que cette mutualisation doit s'enraciner si on souhaite régénérer le sens du partage démocratique.

LE LIEN SOCIAL ET SES MÉTAMORPHOSES

Martin
Vanier

GÉOGRAPHE À L'ECOLE D'URBANISME DE PARIS
ET AU SEIN DU CABINET ACADIE, AUTEUR DE *LE TEMPS DES LIENS, ESSAI SUR L'ANTI-FRACTURE* (L'AUBE, 2024)

LA FRANCE DES TERRITOIRES EST-ELLE LE CADRE ET L'EXPRESSION DE LA RÉINVENTION DE LA OU DES MUTUALISATIONS ? POUR L'HEURE, LA CONVICTION S'EST IMPOSÉE QU'ELLE EST SURTOUT LE CADRE ET L'EXPRESSION DE NOUVELLES FRACTURES. MAIS EST-ELLE AUSSI CEUX DE LEUR ANTIDOTE ?

Par « France des territoires », j'entends non seulement l'espace politique des collectivités territoriales qui produisent et gèrent les biens publics, mais aussi la société tout entière en quête de reterritorialisation en réaction à une mondialisation qui la vulnérabilise. La France des territoires, c'est la Décentralisation plus la société des modes de vie dans toute leur diversité et leurs trajectoires.

Cette double France-là est-elle un terreau de progrès de la mutualisation ? Plutôt que de répondre ici par un abrupt oui ou non en un élan de foi ou un aveu de scepticisme, intéressons-nous à deux conditions auxquelles la mutualisation s'épanouit ou pourrait s'épanouir dans les territoires, ceux de l'action publique comme ceux de la société.

Ces deux conditions tiennent à ce qu'est la mutualisation elle-même : (i) une mise en commun de moyens et de capacités qu'on décide de rendre accessibles et de partager en se liant les uns aux autres ; (ii) une réciprocité des intérêts ou des fonctions qui élimine dans ce partage les rapports de domination ou de sujétion. Pour que les territoires en tant que constructions sociales et politiques soient des vecteurs de mutualisation, il faut donc qu'ils soient à ces deux rendez-vous: se lier les uns aux autres, cultiver la réciprocité, qu'il s'agisse du territoire organisation politique ou du territoire vécu social. À ces deux conditions, on pourrait convenir que la fabrique territoriale est globalement aussi celle de la mutualisation.

On voit d'emblée que l'appréciation ne va pas être simple. Oui, les territoires sont ce par quoi nous nous lions les uns aux autres; mais ils sont en même temps ce par quoi nous nous distinguons les uns des autres, jusqu'à la séparation volontaire parfois. Oui, les territoires sont des cadres de transactions multiples qu'on peut estimer d'intérêt réciproque dans les complémentarités (de fonctions, d'activités, de ressources) qu'ils assemblent; mais ils ne cessent jamais d'être investis par des stratégies individuelles ou collectives, sociétales ou politiques, d'appropriation, d'accaparement, de captation d'aménités et de rentes diverses, ou au contraire de report chez les autres d'indésirables ou d'externalités négatives. Tout sauf le fleuve tranquille de la paix territoriale.

Par conséquent, si l'on prend les deux conditions susdites (liens, réciprocité) comme des clauses fondatrices de la mutualisation, des conditions exclusives en somme (leur absence ou leur faiblesse prouvant la défaillance de la mutualisation), le rendez-vous n'est pas gagné. C'est d'ailleurs bien pourquoi il a été si facile idéologiquement et si rentable électoralement de faire basculer toutes les analyses du côté de la fracture, dont les territoires seraient à la fois la matrice et le produit. Le paradoxe étant alors que plus on dénonce les fractures territoriales, plus on investit la fabrique territoriale comme planche de salut rétractive voire sécessionniste, contre ces autres territoires causes de fracture: contre les métropoles dévorantes, contre la ville-centre insatiable quelle que soit sa taille, contre les plus gros que soi, contre plus dense que soi. La fracture est une dénonciation autoréalisatrice. À force de ne plus regarder et comprendre ce qui nous relie dans et entre les territoires, et quelles réciprocités s'y construisent ainsi, il ne reste plus que la seule géographie des injustices.

Il faut donc se saisir des deux conditions en question comme des champs à travailler, des actifs à valoriser, et non des constats de présence ou d'absence. Il y a, partout dans les territoires et entre eux, des liens ou matière à des liens, des relations de réciprocité ou leur potentiel, et par conséquent de quoi (se) mutualiser. Mais ce « partout dans les territoires » est de toute évidence aussi celui des fractures, des inégalités, des injustices, de même que le monde des intérêts dominants ou spoliateurs est toujours entremêlé avec celui des intérêts réciproques dans la bataille qui est la leur.

Dans les pas du sociologue belge Marcel Bolle de Bal, puis ceux d'Edgar Morin, je propose d'appeler « reliance » ce champ des liens à travailler, cette activation de ce qui nous relie (à opposer à la fascination pour ce qui nous fragmente), en un mot cette politique dont la fabrique territoriale a sans doute manqué ces dernières décennies.

La reliance est tout à la fois l'ensemble des liens de tous ordres qui tissent nos vies personnelles et collectives, quotidiennes ou épisodiques, l'ensemble des processus qui génèrent et recomposent ces liens en permanence, les défont et les refont, et l'ensemble des politiques qui se saisissent de tout cela pour en augmenter les bénéfices collectifs ou en réparer les défaillances. C'est un peu plus précis que le classique « lien social » et un peu moins incantatoire que le fameux « vivre ensemble », et invite à une exploration opératoire proposée par ailleurs, en géographe[1]. La mutualisation en est une des formes volontaires, comme le sont aussi la coopérative, l'action publique interterritoriale, ou encore l'économie des biens communs territoriaux.

Alors la France des territoires est-elle le cadre et l'expression de la réinvention de la ou des mutualisations ? Oui, elle peut l'être. À condition d'une politique de reliance qui invite les territoires (et nous invite à travers eux) à prendre acte de ce qui les ou nous dépasse, des relations qui les ou nous subliment, et somme toute de ce qui les ou nous désincarcère. Faute de quoi la France des territoires n'est plus vue que comme la mosaïque de nos fractures. La mutualisation peut en être un des antidotes. Il y a urgence.

1 Martin Vanier, *Le temps des liens, essai sur l'anti-fracture*, La Tour d'Aigues, L'Aube, 2024.

COMMENT PRENDRE SOIN LES UNS DES AUTRES ? LA RÈGLE DE LA RÉCIPROCITÉ

Fabienne Brugère

PROFESSEURE DE PHILOSOPHIE,
UNIVERSITÉ PARIS 8 VINCENNES-SAINT-DENIS

LA MUTUALISATION DESSINE UNE SOCIÉTÉ OÙ LES INDIVIDUS S'AFFIRMENT EN RELATION LES UNS AVEC LES AUTRES : EN LATIN, *MUTUUS* VEUT DIRE LA RÉCIPROCITÉ, CE QUI S'ÉCHANGE. ELLE AFFICHE UNE QUALITÉ DU LIEN SOCIAL OU ENCORE LA POSSIBILITÉ D'UN BIEN VIVRE COLLECTIF.

Plus encore, les premières sociétés de secours mutuels à la fin du XVIIIe siècle, fabricatrices d'une modernité non individualiste, ont fait surgir un monde social structuré par l'entraide, ce qui a permis de réduire diverses sortes de vulnérabilités (maladies, vieillesse, pauvreté, etc.); un secours est mutuel lorsqu'il fait tenir ensemble le fait de secourir et celui d'être secouru au nom d'une humanité commune. Le lien social s'avère alors du côté d'une dynamique sociale qui intègre une normalité des épreuves de vie. Pierre Rosanvallon a insisté sur la nécessité d'appréhender les sujets sociaux de façon éminemment subjective, en partant de la perception qu'ils ont de leur situation personnelle et de l'état de la société, ce qui dessine des épreuves qui sont à la fois l'expérience d'une souffrance et une façon d'appréhender le monde[1]. Par leurs colères, leurs peurs et bien d'autres passions, des individus sont traversés par

1 Pierre Rosanvallon, *Les épreuves de la vie*, Paris, Seuil, 2021.

des histoires existentielles qui peuvent les faire souffrir, par des accidents de vie qui les mettent en danger, jusqu'à leur faire critiquer le monde dans lequel ils vivent; plus ou moins vulnérabilisés à tel ou tel moment, ils ont besoin que d'autres prennent soin d'eux, que des institutions les soutiennent pour leur rendre leur pouvoir d'agir. S'agit-il alors de faire fonctionner un agir solidaire qui engage une liaison puissante entre des individus aux parcours de vie hétérogènes?

Plus exactement, je voudrais montrer que ces épreuves de vie valent comme différentes formes de vulnérabilité qui méritent d'être identifiées et « soignées »; la réparation des vies mais aussi leur soutien peuvent se faire au nom d'une société du « prendre soin » – ou société du *care* –, dans le but de redessiner la carte du monde social, et de la rendre plus prompte à se soucier des singularités tout en portant un monde commun, et ceci par la réciprocité.

SUJETS MIS EN CRISE ET CHAÎNES DE SOIN

Comment répond-on aux parcours d'individus que nous sommes devenus aujourd'hui en ce premier quart du XXIe siècle? Les épreuves de vie tiennent avec le fait que nous sommes des « sujets mis en crise ». Le monde est engagé dans une série de crises qui semblent sans fin: crise du capitalisme, crise écologique, crise de l'accueil des demandeurs de refuge, crise des valeurs, crise sanitaire ou crise du capitalisme. Comment, dans ces conditions, rendre le monde le plus juste possible en prenant soin de ces individus mis en crise sans les abîmer davantage? Myriam Revault d'Allonnes dans *La crise sans fin* témoigne d'une nouvelle figure de la crise qui n'admet plus de résolution au moment même où elle arrive à un point de bascule[2]. La crise devient un « fait social total » qui constitue notre mode d'être familier en société et qui frappe de plein fouet l'expérience démocratique, elle-même sujette si facilement à la crise. Nous sommes ébranlés, sans fixité, sans permanence face aux divers dérèglements de la logique démocratique, toujours en quête d'un fondement impossible. Nous sommes attaqués dans nos permanences, nos capacités à rester des sujets habités par un monde commun.

Nous avons alors besoin plus que jamais d'être maintenus dans un lien social qui nous fasse considérer la société à travers l'autre en crise, et dans une forme de relation réciproque. Comment

---

2 Myriam Revault d'Allonnes, *La crise sans fin: Essai sur l'expérience moderne du temps*, Paris, Seuil, 2012.

valoriser une société du *care*[3] qui considère que toutes les vies se valent et qu'à ce titre nous avons tous et toutes droit aux mêmes formes de soutien : riche ou pauvre, national ou étranger, homme ou femme ? Ce qui s'échange alors dans le lien prend la forme de chaînes de soins, en fonction de la définition des besoins des uns et des autres. Mais, plus encore, le fait de prendre soin évoque une profondeur, une relation qui n'est pas seulement une relation à, relation froide pourrait-on dire, mais une relation entre, relation chaude, ayant une profondeur temporelle, affective, et supposant de l'engagement personnel, de la compétence, de l'attention pour pouvoir exister comme telle. Dans les institutions, les sujets mis en crise ne peuvent être soignés que lorsque la qualité des relations prime sur les dispositifs ou plutôt lorsque les dispositifs sont faits pour promouvoir des comportements empathiques où la confiance peut s'établir avec ses attentes propres[4]. La relation de réciprocité des uns avec les autres peut ainsi promouvoir un monde sensible habité par le souci des autres et le projet d'une communauté humaine ouverte.

L'ÉTHIQUE CONTRE LES ABUS DE POUVOIR

Si la question du « prendre soin » est importante pour faire fonctionner des échanges sur le mode de l'attention puis de l'entraide, si elle peut donner lieu à des politiques publiques structurées par la qualité des liens humains, elle doit alors se préserver de tout risque d'écrasement des vulnérabilités tel qu'une protection paternaliste comme l'État-providence a pu parfois l'incarner à travers le XXe siècle[5].

Le *care* s'enracine dans la nécessité d'assurer pour tout le monde un certain nombre de besoins ou de conditions de perduration dans l'existence : se nourrir, se loger, travailler ou s'éduquer. Mais il insiste surtout sur les formes de soutien qu'il faut penser davantage avec le terme d'interdépendance que de protection ou d'accompagnement. Pourquoi ? Parce que la protection, l'accompagnement portent des risques qui sont ceux de l'élaboration de besoins, de l'expression de normes sociales qui se déploient trop loin de la singularité des situations ou de la spécificité des épreuves de vie telles qu'elles sont vécues, d'interdépendance enracinée dans le souci des autres, et que l'éthique du « prendre soin » revendique comme une nouvelle manière de penser le lien social. S'occuper des moments de vulnérabilité des individus en société ou de leurs accidents de vie ne peut se faire sans éthique. Comment « prendre soin »

---

3 Fabienne Brugère, *L'éthique du care*, Paris, PUF, 2021 (première édition 2011).

4 Marc Hunyadi, *Au début est la confiance*, Lormont, Le Bord de l'eau, 2020.

5 Nancy Fraser, *Le féminisme en mouvements. Des années 1960 à l'ère* néolibérale, Paris, La Découverte, 2012.

des autres sans les marquer de manière tellement normative qu'ils ne peuvent plus répondre et développer ce qui fait le fondement de tout soin mutuel: la réciprocité ? Cette réciprocité vaut d'ailleurs aussi comme une acceptation du passage à la limite du « prendre soin »: le refus de soin – par exemple chez une personne très âgée en butte à l'absence de désir pour continuer à vivre. Il s'agit donc de se montrer critique quant à la manière dont sont vraiment dispensés les soins. Le risque tient dans l'abus de pouvoir des fournisseurs de soin selon Joan Tronto, « qui peuvent en arriver à s'arroger le droit de définir leurs besoins [ceux des vulnérables][6] ». Toute situation de vulnérabilité rend possibles des abus de pouvoir dans la mesure où la capacité de réponse ne tient pas dans une égalité de pouvoir. Établir de la réciprocité (entre un médecin et un malade, une assistante sociale et un bénéficiaire de l'aide sociale, etc.) revient à considérer la position de l'autre telle que lui-même l'exprime et non en supposant que l'autre est exactement identique à soi, ce qui est extrêmement difficile, suppose une discipline éthique et est souvent rendu impossible par le cadre formel de la relation. Comment passer d'une protection qui risque toujours l'application de normes prédéterminées à une interdépendance qui institue l'autre en sujet singulier mis en crise ou vulnérabilisé? Comment élaborer, dans le libre-échange et avec ce que le bénéficiaire du soin pense lui aussi savoir, une réponse appropriée? Cette forme de réciprocité établit un soin mutuel qui a pour corollaire une absence d'abus de pouvoir. Une société du *care* dessine des politiques qui reposent sur une telle éthique.

6 Joan Tronto, *Un monde vulnérable,* Paris, La Découverte, 2009, p. 181.

LES PARTAGES NUMÉRIQUES DU QUOTIDIEN

Tony
Bernard

DIRECTEUR GÉNÉRAL D'IMPACT TANK

MALGRÉ LA DÉMOCRATISATION DES OUTILS NUMÉRIQUES DEPUIS LE MILIEU DES ANNÉES 2000, UNE PARTIE IMPORTANTE DE LA SOCIÉTÉ VIT EN DEHORS DU NOUVEAU MONDE « TOUT CONNECTÉ ».

La numérisation s'accélère et reconfigure profondément les rapports sociaux, les relations avec l'administration et les services publics, les opportunités économiques et professionnelles, l'égalité de toutes et tous face aux droits fondamentaux et aux services essentiels... Elle génère des inégalités face au numérique qui sont le prolongement des inégalités sociales, territoriales, scolaires, générationnelles, économiques... Mais la digitalisation croissante de l'économie, des services publics, de la santé et des secteurs sociaux peut également être source d'opportunités ! Elle peut augmenter la productivité globale, en structurant des filières liées au numérique et en créant de nouveaux emplois dans le secteur. Elle peut favoriser de nouvelles sources de revenus en améliorant l'employabilité et en favorisant l'entrepreneuriat. Elle peut augmenter le pouvoir d'achat des consommateurs via le e-commerce et l'économie collaborative, et générer des coûts évités pour l'État.

C'est dans ce contexte que pendant plus de treize mois, le groupe de travail de l'Impact Tank « Faire numérique ensemble » a réuni une équipe d'experts et de chercheurs aux côtés d'entreprises, de représentants de l'administration et du milieu associatif. L'équipe de recherche a recensé plus de 160 projets d'innovations sociales à travers tout le territoire, portés par des acteurs de l'économie sociale et solidaire (ESS), des entreprises, des collectivités territoriales, pour relever les défis de l'inclusion numérique, en matière d'accès aux outils et à une connexion, mais aussi en matière d'usage, de compétences, et de pratiques numériques.

Ces initiatives ont mis en évidence l'importance de la mutualisation (des ressources, des compétences, des infrastructures, des financements, de la collecte et de l'analyse des données...) dans la construction de réponses adaptées à tous les publics. Elle apparaît comme une constante des expérimentations qui fonctionnent localement en vue de les passer à l'échelle, et des solutions pour pérenniser les dispositifs.

Le rapport souligne ainsi la nécessité de structurer des coopérations au sein des territoires et entre les territoires pour inciter à la mutualisation des espaces et des réseaux d'inclusion numérique pour plus d'efficience de l'action publique et privée, et permettre un meilleur usage collectif des lieux existants (lieux de proximité équipés comme les Fabriques de territoires) et des ressources matérielles et immatérielles (compétences, équipements, financements, outils et méthodes...). Parmi les solutions émergentes, figure par exemple le développement de coopératives de proximité qui assureraient une animation à l'échelle locale, une articulation entre les lieux de terrain et les réseaux régionaux et nationaux de médiation numérique. Selon le collectif POP[1], ces coopératives ne consisteraient pas en un dispositif d'inclusion supplémentaire mais seraient pensées comme un cadre consolidant les opérateurs en place (notamment les Hubs numériques). Il est aussi recommandé d'intégrer les solutions d'inclusion numérique – *en proposant des programmes d'accès à du matériel et à une connexion abordable, en même temps qu'à des modes d'accompagnement et de formation* – à travers des démarches de mutualisation des moyens entre divers acteurs, comme le développent les « Ateliers du Bocage » par exemple, où plusieurs types de structures d'insertion sont rassemblés dans une même association.

La mutualisation se joue aussi dans la mobilisation indispensable du secteur privé pour hybrider les modes d'action et de financement de l'inclusion numérique, au regard de la dispersion des opérateurs et des ressources actuelles. Ainsi, à côté des acteurs de l'éducation populaire et de l'ESS qui ont été pionniers dans le développement de solutions d'inclusion numérique, différents acteurs privés, notamment des TIC (GAFAM, opérateurs télécoms), interviennent en tant que moteurs de nouvelles innovations (Orange Digital Center, ateliers Google...), en co-construction de dispositifs avec des structures de l'ESS (We Tech Care) ou en accompagnement de ces derniers via l'apport d'équipements, de solutions logicielles ou d'expertise dans leur

1 POP. (2022, octobre 6). Coopératives de médiateurs : Une série de 4 articles. POP. https://www.pop.eu.com/cooperatives-de-mediateurs-une-serie-de-4-articles/

transformation à l'échelon national et international (réseau « TechSoup »). La mutualisation des ressources doit permettre de parvenir à des modèles d'action qui soient économiquement équilibrés et duplicables, notamment grâce aux ressources matérielles des entreprises, ou encore leurs connaissances et leurs données d'usage sur les comportements en ligne de leurs clients qui fournissent des indications importantes pour analyser les pratiques et les besoins en temps réel...

Enfin, les initiatives recensées dans notre groupe de travail ont révélé la place déterminante que doit prendre la mesure d'impact dans le pilotage des organisations et des programmes, mais aussi des politiques publiques. La mesure d'impact doit fédérer acteurs publics, privés et associatifs autour d'outils communs et mutualisés, pour assurer la collecte, le traitement, l'analyse et la valorisation des données. Nos travaux ont abouti à la construction d'un référentiel d'indicateurs communs de mesure d'impact social, visant à documenter, piloter et rendre compte de la production des impacts recherchés par une organisation qui s'engage pour l'inclusion numérique, mais aussi à harmoniser les pratiques, et parler un langage commun. La mesure d'impact peut, en outre, stimuler des démarches de co-innovation avec les publics fragiles, en les intégrant dans les processus d'apprentissage et d'expérimentation, et en les associant à la définition des indicateurs, pour garantir leur pertinence, leur adéquation aux réalités de terrain et leur bonne compréhension par l'ensemble des acteurs.

MUTUALISATION ET SOUTENABILITÉ AU CŒUR DE LA RECHERCHE EN SHS DANS UNE ÉCOLE D'INGÉNIEUR·E·S

Clément
Mabi

PROFESSEUR À L'INSTITUT NATIONAL
DES SCIENCES APPLIQUÉES (INSA)
DE RENNES

DANS UN CONTEXTE MARQUÉ PAR LE CROISEMENT DE DIFFÉRENTES TRANSITIONS (ÉCOLOGIQUES, NUMÉRIQUES…), IL EST DEVENU URGENT DE TROUVER DES LEVIERS POUR PERMETTRE AU VIVANT DE CONTINUER À HABITER LE MONDE.

Récemment, l'INSA Rennes s'est positionné pour tenter d'apporter des éléments de réponse à cette question en lançant une équipe de recherche, la Fabrique de pensée critique sciences, technologies, société, environnement. La vision scientifique portée par le projet du laboratoire défend que les techniques sont un instrument de ce changement. Ainsi, la tâche de rendre le monde plus habitable implique de nous interroger sur les techniques que nous développons et sur notre manière de les concevoir, de les produire et de les utiliser. Les valeurs et les projets politiques embarqués dans les techniques doivent être interrogés. À quelles conditions peuvent-elles être mises au service de l'intérêt général et de la transition écologique pour faire exister un modèle plus soutenable ? Quelles techniques imaginer pour constituer les infrastructures désirables d'une société résiliente et capable de relever les défis majeurs imposés par l'anthropocène ?

Une telle perspective invite à envisager les techniques dans toute leur complexité : le remède et le poison. À la fois à l'origine de dérèglements profonds des équilibres terrestres et de nos modes de vie ; tout autant qu'elles permettent d'envisager de nouvelles réorganisations de nos sociétés et l'invention d'un nouveau rapport des humains à la nature et à leur environnement. L'épistémologie proposée repose sur la conviction que les acteurs académiques ne peuvent être les seuls producteurs de savoirs et doivent apprendre à composer avec les autres composantes du social. Aussi, il est proposé d'appliquer le plus largement possible les standards de la science ouverte et de la recherche en plein air, c'est-à-dire à l'écoute des préoccupations de ses contemporains et des groupes concernés par les sujets traités afin de repenser les contours de ce que l'on considère comme une innovation et en contribuant à rendre les technologies utiles au plus grand nombre. C'est également une ressource pour porter un regard critique sur ce que l'on considère comme une innovation et un progrès dans nos sociétés contemporaines tout en interrogeant leur impact environnemental et les modèles économiques sur lesquels ils s'appuient. Cette perspective invite par exemple à repenser le déploiement d'infrastructures de télécommunication numériques, à l'image de la 5G, ou d'installations énergétiques comme la méthanisation ou la technologie de l'hydrogène en embarquant les territoires en tant que parties prenantes afin de tenter de mieux mesurer ce que nous souhaitons collectivement et faire émerger de nouveaux partenariats.

La recherche proposée considère que la relation entre l'homme et la technique prend sens dans un milieu sociotechnique associé. L'homme – et plus largement le vivant – construit son milieu et il est façonné par lui en retour, dans une logique de co-construction. C'est dans cet interespace que les valeurs, les actions et les choix des acteurs en relation avec la technique prennent sens et se déploient.

Si l'on souhaite orienter la production de valeurs associées aux technologies, l'attention portée au design de ces milieux et à la manière dont les individus s'accordent sur les orientations à donner doit être au cœur de la démarche. Pour ce faire, il s'agit d'être particulièrement attentif aux controverses qui traversent les milieux en formation, à la manière dont le déploiement des techniques suscite des discours, des débats et des conflits de valeurs qui ne peuvent être dissociées de l'objet technique en tant que tel. L'enjeu démocratique est central. Pour dénouer les conflits de valeurs, s'accorder sur les orientations, les concepteurs sont amenés à composer avec les parties prenantes, à délibérer pour définir ce que les milieux sont prêts à accepter ou non. Il s'agit alors de prêter attention aux espaces de démocratie technique où se construisent les équilibres et se créent et dénouent – potentiellement – les tensions. À titre d'exemple, cela permet de questionner le monde numérique dans lequel nous vivons et de l'explorer par l'intermédiaire de démarches d'enquêtes collectives à la croisée du « faire » et du « dire »; au travers de la mise en débat autant que grâce à des expérimentations concrètes. Comment le numérique transforme-t-il notre société? Quel est son impact sur notre environnement, notre manière de vivre, de penser, de créer? Comment favoriser, dans cet univers parfois opaque, la libre circulation des idées et des savoir-faire et la capacitation de ceux qui produisent les technologies?

C'est dans cette perspective que la mutualisation, notamment des savoirs, des compétences et des ressources nous apparaît devoir être relue pour répondre aux défis contemporains évoqués précédemment. La mutualisation consiste à regrouper et à partager des moyens, des idées ou des infrastructures entre plusieurs acteurs, qu'ils soient publics, privés, académiques ou citoyens. Dans un contexte de transition écologique et numérique, cette approche permet non seulement d'optimiser l'utilisation des ressources, mais aussi de favoriser l'émergence de solutions plus inclusives et démocratiques.

Prenons par exemple le domaine des infrastructures numériques. La mutualisation des plateformes technologiques, des réseaux de télécommunication ou encore des bases de données permettrait de réduire les coûts énergétiques et financiers tout en offrant un accès plus équitable aux outils et aux informations. Ce partage des ressources permettrait également de limiter la duplication d'efforts et de favoriser une innovation plus responsable, guidée par des objectifs communs définis collectivement.

Dans le cadre de la transition énergétique, la mutualisation des connaissances autour des technologies telles que l'hydrogène ou la méthanisation pourrait accélérer leur développement tout en s'assurant qu'elles respectent les critères de durabilité. En associant différents territoires et acteurs économiques dans cette réflexion, il devient possible de concevoir des infrastructures énergétiques qui répondent aux besoins spécifiques de chaque communauté tout en réduisant leur empreinte écologique.

La mutualisation a également un rôle crucial à jouer dans l'inclusion sociale. En rendant les savoirs et les technologies accessibles à un plus grand nombre d'acteurs, cette approche permet de renforcer la participation citoyenne aux choix technologiques et de donner aux communautés locales la capacité d'influer sur les décisions qui affectent leur environnement. Ce processus participatif et ouvert contribue ainsi à redéfinir ce que l'on entend par « progrès » et à garantir que celui-ci bénéficie réellement au plus grand nombre, tout en prenant en compte les impératifs écologiques.

Enfin, la mutualisation n'est pas seulement une stratégie technique ou économique, mais aussi un projet politique. Elle invite à repenser les rapports de pouvoir dans la production de la technologie, en encourageant des modèles de gouvernance partagée. Plutôt que de laisser l'innovation entre les mains de quelques entreprises ou laboratoires, elle permet d'imaginer des modes de gestion collective où chaque acteur peut apporter son expertise, son savoir-faire et ses préoccupations. Dans cette perspective, la technique n'est plus simplement un outil de domination ou de profit, mais devient un vecteur de collaboration, de solidarité et de résilience face aux crises contemporaines.

QUAND LA SCIENCE-FICTION *RÉINVENTE* LE MUTUALISME

Ariel Kyrou

JOURNALISTE, ESSAYISTE ET CHRONIQUEUR, AUTEUR DE PLUSIEURS OUVRAGES, UN DES MEILLEURS ANALYSTES DE LA SCIENCE-FICTION ET DES IMAGINAIRES

Les extraterrestres *oankali* sont des « troqueurs » de gènes. Du tréfonds de leur être, ils sont *mutualistes* – même s'ils ne le savent pas ou du moins n'utilisent pas ce mot. Contrairement aux humains, certes intelligents mais trop « hiérarchiques » et dont ils ont sauvé quelques individus de l'apocalypse terrestre, ils ne conçoivent leur vie que dans le partage de leur identité entre égaux pourtant différents. Ils s'hybrident avec les « personnes » de la faune et de la flore de leur environnement et des écosystèmes qu'ils découvrent. Autrement dit : ils troquent leur essence plurielle contre celle d'autres êtres vivants. Cet échange d'ontologies prend la forme d'une « ingénierie génétique » hypersophistiquée… et mutualisée. Comme l'explique l'un de ces *Oankali* dans *L'Aube*, premier livre de la série *Xénogenesis* d'Octavia E. Butler, cela leur permet de se renouveler profondément, « de survivre en tant qu'espèce qui évolue » sans cesse au lieu de se spécialiser jusqu'à la stagnation ou l'extinction[1].

Les trois romans de *Xénogenesis*[2] ont paru pour la première fois en français entre 2022 et 2024, alors que leur version originale d'Octavia E. Butler, écrivaine afro-américaine que beaucoup découvrent ou redécouvrent aujourd'hui, a été publiée aux États-Unis dès la fin des années 1980. Le lecteur et la lectrice contemporains ont pourtant le sentiment que la série a été écrite ici et maintenant pour nous faire ressentir les enjeux de nos indispensables métamorphoses inclusives et écologiques de la tierce décennie du troisième millénaire. Car *Xénogenesis* imagine une espèce extraterrestre qui s'avère *mutualiste* dans toutes les dimensions

1 Octavia E. Butler, *L'Aube* (1987), traduit de l'anglais (États-Unis) par Jessica Shapiro, La Laune, Au Diable Vauvert, 2022, p. 79.

2 Outre le premier livre de la série, *L'Aube* (1987), édité en français en 2022, les deux qui ont suivi avec la même traductrice sont en 2023 *L'initiation* (1988) et en 2024 *Imago* (1989), La Laune, Au Diable Vauvert.

traditionnellement séparées du terme : à la fois biologique[3], économique et philosophique. Au même titre que l'indémodable *Les Dépossédés* d'Ursula K. Le Guin au début des années 1970 ou que *La Parabole du semeur* de cette même Octavia E. Butler une vingtaine d'années plus tard[4], *Xénogenesis* est exemplaire d'une littérature d'aujourd'hui qui, de façon détournée, explore un retour aux sources du double idéal *mutualiste* et *mutuelliste* pour reprendre le terme de Proudhon[5]. Ce type de science-fiction, aujourd'hui d'une vigueur extraordinaire grâce à des plumes contemporaines comme Becky Chambers, Mélanie Fiévet, Léo Henry, Camille Leboulanger, Li-Cam, Luvan, Rivers Solomon et tant d'autres, opère cette mue nativement *mutualiste* sans jamais en afficher l'ambition.

ET SI LES IMAGINAIRES DU MUTUALISME SE RÉINVENTAIENT GRÂCE À LA SF ?

Lorsque Christian Oyarbide en appelle, dans son essai de 2023 *Réinventer le mutualisme*, à une entraide, à une utilité des mutuelles au-delà des assurances, des résultats financiers, des réglementations et des injonctions de l'État, il ne pense vraisemblablement pas à la science-fiction de ces auteurs et autrices, exploratrice d'imaginaires engagés pour nos lendemains. Et pourtant le désir exprimé par le dirigeant mutualiste d'organisations « libres de faire éclore des relations, des engagements qui ne doivent rien à l'argent, au contrat, au process[6] » rejoint par des chemins inattendus les horizons de la SF la plus émancipatrice d'aujourd'hui. Échapper aux visions et aux nécessités du court terme afin de réinventer les dispositifs du mutualisme ne suppose-t-il pas en effet un détour par des imaginaires très éloignés de la gestion terre à terre, y compris pour les plus concernés des professionnels du secteur ? Au-delà des classiques références aux guildes, au compagnonnage, au solidarisme de Léon Bourgeois ou au socialisme libertaire de Pierre-Joseph Proudhon, n'est-il pas indispensable de partir loin du présent, de nous libérer fictionnellement des chaînes institutionnelles pour mieux réenchanter *a posteriori* ces territoires ? Et pour, *in fine*, y revenir et en concrétiser ici et maintenant, dans la glu du réel, quelques-unes des promesses ainsi rêvées ?

---

3 Selon le National Geographic, le mutualisme est en effet aussi une « forme de symbiose », « une interaction entre deux organismes qui profite aux deux parties, un phénomène très répandu dans le royaume animal ». Voir par exemple l'article « Le mutualisme : quand la nature est à l'œuvre » par Liz Langley, National Geographic, 29 septembre 2020 (https://www.nationalgeographic.fr/environnement/2020/09/le-mutualisme-quand-la-nature-est-a-loeuvre).

4 Octavia E. Butler, *La Parabole du semeur* (1993) et *La Parabole des talents* (1998), réédités en 2001 par Au Diable Vauvert, La Laune.

5 Comme l'explique la page Wikipédia dédiée, le « mutuellisme est une théorie économique socialiste libertaire issue de la pensée de Pierre-Joseph Proudhon ».

6 « Réinterroger les valeurs fondamentales du mutualisme : à la rencontre de Christian Oyarbide » par Camille Dorival, Institut ISBL, 26 mai 2023, la citation étant un extrait de Christian Oyarbide, *Réinventer le mutualisme*, Paris, Les Petits matins / Collection Mondes en transitions, Paris, 2023 (https://institut-isbl.fr reinterroger-les-valeurs- fondamentales- du-mutualisme-a-la-rencontre-de-christian-oyarbide/).

Dès *L'Aube*, premier roman de *Xénogenesis* avant ses deux suites *L'Initiation* et *Imago*, les extraterrestres *oankali* expriment leur nécessité d'échanges de gènes autant comme une nécessité « économique » de l'ordre de l'intérêt mutuel que vitale afin de leur assurer, à eux et leurs partenaires de ce drôle de *mutualisme*, un indéniable avantage évolutif. Cette non-séparation de la gestion des biens et de la biologie transformatrice, de l'utilité pragmatique et de la fusion métaphysique trouve son plus parfait symbole dans le vaisseau spatial, lui-même vivant et avec lequel ils vivent en symbiose. Ils l'ont fait pousser, ce véhicule, ils le nourrissent, et lui les alimente en retour. Avec ses arbres changeant sans cesse de formes ou ses drôles de transports aux airs de limaces mutantes, cette bio-maison intersidérale les aime et leur fournit donc toit, nourriture et objets divers grâce à quelque chimie tactile ou olfactive. Cette entité gigantesque a en quelque sorte ingurgité les *Oankali* sans les digérer, à la façon dont sont nés les êtres multicellulaires selon la biologiste Lynn Margulis. Sauf que, pour le coup, les extraterrestres tentaculaires ont la liberté de s'extraire de ce navire vivant dont ils sont les soutiers et les capitaines organiques sans jamais rompre le lien indéfectible avec lui. Les *aliens* de *Xenogenesis* deviennent dès lors les symboles de l'interdépendance entre les agents d'un même écosystème, mais avec la capacité inouïe de le transbahuter en permanence avec eux, cet écosystème, quitte à le faire « enfanter » d'un autre vaisseau dans la perspective jamais démentie de leur harmonie mutuelle.

L'UTOPIE REVENDIQUÉE MAIS « AMBIGUË » D'UNE SOCIÉTÉ DE L'AIDE MUTUELLE

La science-fiction ici défendue est sociétale et volontiers subversive. À la compétition entre individus prônée par le capitalisme, elle préfère la coopération et la fédération d'entités autonomes. Elle se défie des lois et règles de la propriété privée comme d'ailleurs de l'État omnipotent. Elle pratique le langage du partage, des communs et d'une façon là encore sous-jacente de l'économie sociale et solidaire. Sa société modèle ressemblerait à celle de la Lune aride Anarres du roman *Les Dépossédés* plus qu'à la riche planète d'origine de ses habitants volontairement exilés, Urras, où sévit un capitalisme débridé voire féodal. Son modèle éducatif pourrait être la femme estropiée mais douce qui, au début du récit d'Ursula K. Le Guin, explique au tout jeune Shevek revendiquant son carré de soleil pour lui tout seul : « Rien n'est à toi. C'est pour utiliser. Pour partager. Si tu ne partages pas, tu ne peux pas utiliser[7]. » Beaucoup plus loin dans la narration, c'est au tour de cet enfant devenu un brillant scientifique, lorsqu'il se retrouve sur Urras face à des manifestants en lutte contre le pouvoir coercitif et extractiviste de leur planète, de défendre le mutualisme libertaire :

« Le lien qui nous attache est au-delà du choix. Nous sommes frères. Nous

7 Ursula K. Le Guin, *Les Dépossédés* (1974), traduit de l'américain par Henry-Luc Planchat, Paris, Robert Laffont / Ailleurs & Demain, 1975, p. 37.

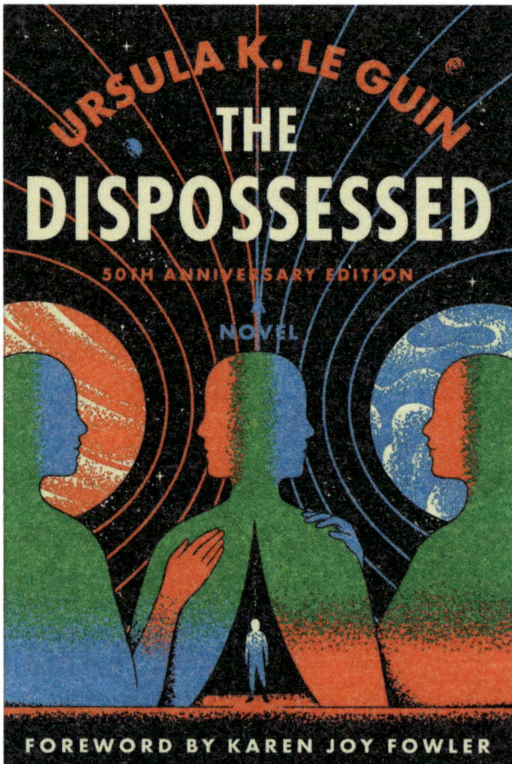

sommes frères dans ce que nous partageons. Dans la douleur, que chacun d'entre nous doit supporter seul, dans la faim, dans la pauvreté, dans l'espoir, nous connaissons notre fraternité. Nous la connaissons, parce que nous avons dû l'apprendre. Nous savons qu'il n'y a pas d'autre aide pour nous que l'aide mutuelle, qu'aucune main ne nous sauvera si nous ne tendons pas la main nous-mêmes. Et la main que vous tendez est vide, comme la mienne. Vous n'avez rien. Vous ne possédez rien. Vous êtes libres. Vous n'avez que ce que vous êtes, et ce que vous donnez (...). Nous n'avons comme loi que le principe de l'aide mutuelle entre les individus. Nous n'avons comme gouvernement que le principe de l'association libre. Nous n'avons pas d'États, pas de nations, pas de présidents, pas de dirigeants, pas de chefs, pas de généraux, pas de banquiers, pas de seigneurs, pas de salaires, pas d'aumônes, pas de police, pas de soldats, pas de guerres. Et nous avons peu d'autres choses. Nous partageons, nous ne possédons pas[8]. »

Ainsi décrite dans son idéal mobilisateur, cette utopie n'en reste pas moins « ambiguë » selon les propres termes de la romancière. Ambiguë, d'abord, parce que se situant sur une lune sans faune ni flore à part un d'ersatz d'arbre à tout faire, des bactéries, des vers et quelques crustacés. Le *mutualisme*, dès lors, tient d'une écologie de subsistance et d'échanges symbiotiques (presque) comme dans *Xénogenesis*... Son principe aurait pu être inspirée de *L'Entraide, Un facteur de l'évolution*, essai publié dès 1902 par le géographe et anarchiste russe Pierre Kropotkine : il repose sur une « économie organique » symbolisée par la maxime « L'excès est l'excrément ». Cette économie symbiotique est sans gâchis, recyclant tout et non extractiviste, avec une électricité décentralisée venant de turbines éoliennes et de « générateurs tirant de l'énergie des différences de températures de la terre[9] ». Mais cette démarche de sobriété et d'intelligence écologique relève-t-elle vraiment d'un choix utopique ? C'est ce que se demande Shevek, dans un dialogue contradictoire avec un privilégié de la très riche planète Urras : « Qu'y a-t-il d'idéaliste dans la coopération sociale,

8 *Ibid.*, p. 305-306.
9 *Ibid.*, p. 108.

dans l'aide mutuelle, quand c'est le seul moyen de rester en vie ? ».

La première clé d'ambiguïté d'un tel devenir naît donc du contexte, propice ou nom aux multiples formes et philosophies d'un mutualiste libertaire et écologique.

Le deuxième constat est beaucoup plus problématique : il interroge la dérive de toute utopie. Celle-ci, en effet, se sclérose dans *Les Dépossédés*, parce qu'en proie aux blocages d'un système de respect aveugle à une « conscience sociale » parfois introuvable, se transformant en jeux d'influences et de réputations. La leçon, que l'on retrouve dans les textes se revendiquant aujourd'hui de l'héritage d'Ursula K. Le Guin, est que ce beau rêve d'une société de l'aide mutuelle n'existe pas plus à l'état « pur et parfait » que n'importe quelle utopie. Car toute *utopie* est menacée de se muter en sa sœur noire, la *dystopie,* à cause de ses fidèles : on perd le rêve de l'utopie dès ce moment où l'on croit l'avoir atteinte, donc qu'on cesse d'en poursuivre au jour le jour l'horizon inatteignable.

LES RÊVES LUCIDES D'AUTRES MONDES POUR DEMAIN

En opposition complète avec lesdites lois de l'offre et de la demande ainsi que leurs logiques de profit et de spéculation financière, les mondes de rêves mutualistes de la science-fiction d'aujourd'hui ne sont pas paradisiaques. Ils se situent certes très en amont et en aval des tâches d'accompagnement les plus opérationnelles de l'agent mutualiste, notamment de gestion pointilleuse ou de contrats d'assurance qui ne permettraient guère de raconter de belles histoires. Mais le réalisme des interactions humaines et non humaines de ces univers imaginaires s'impose dans les récits par la nécessité d'un rapport tangible aux vicissitudes de toute application de cette philosophie-là, y compris lorsque l'action de la fiction se situe dans un avenir proche de l'utopie d'un mutualisme libertaire et écologique.

Cette obligation de contre-feux, y compris dans le meilleur des mondes mutalistes possibles, tient peut-être à ce constat de l'un des personnages du roman *Koinè* de Mélanie Fiévet, se situant quant à lui une quinzaine d'années après l'avènement dans la douleur d'une société aux contours d'utopie sociale : « Aucun projet politique ne peut changer fondamentalement la nature humaine. C'est étrange qu'à travers les siècles on ait eu si peur de ça. Si des siècles de domination n'ont pas eu raison des élans généreux et altruistes, du dévouement, de la bonté, comment est-ce que quinze toutes petites années d'égalité et de justice auraient effacé les sursauts du chagrin de la solitude, de la violence et du dégoût[10] ? »

Bien loin de vœux pieux ou d'un positivisme naïf, ces créations de l'imaginaire explorent le double impératif d'un horizon utopique et d'un chemin pragmatique, d'un rêve radical à long terme impossible à dissocier d'un réalisme dans l'ici et maintenant de leurs histoires.

---

10 Mélanie Fiévet, *Koinè*, Clamart, La Volte / collection Eutopia, 2024, p. 93.

Et ce d'autant qu'au constat de Mélanie Fiévet sur « la nature humaine » s'ajoutent des conditions climatiques cataclysmiques. Cet environnement de catastrophes naturelles constitue un contexte désormais commun à la plupart de ces œuvres imaginant tout avenir à issue des deux prochains siècles. Dans le futur d'après la chute du capitalisme prédateur de *Koinè* de Mélanie Fievet comme aussi par exemple du roman *Visite* de Li-Cam[11] ou de la nouvelle « Un jour, tout ceci sera à toi » de Léo Henry[12], la confiance permet certes de faire fi de beaucoup des papiers et impératifs administratifs. Mais l'enjeu n'en reste pas moins de l'ordre des bricolages et des réparations de l'humanité insatisfaite et de la planète abîmée par un chaos climatique[13].

Bref, la quête d'utopies sociales, écologiques et libertaires de ces œuvres d'aujourd'hui contredit clairement l'idée reçue voulant que les littératures de l'imaginaire soient irréalistes voire irrationnelles.

DES PHILOFICTIONS POUR EXPLORER LES PERSPECTIVES DE FUTURS MUTUALISTES

Des *Dépossédés* d'Ursula K. Le Guin à *Melmoth Furieux* de Sabrina Calvo[14], de *Xénogenesis* d'Octavia E. Butler à *Koinè* de Mélanie Fiévet, les œuvres pour la plupart récentes que je convoque ici sont ce que j'appelle des *philofictions*[15]. C'est-à-dire des fictions à portée philosophique, ouvrant les *devenirs* de l'humanité en toute lucidité, plutôt que de les fermer sur les certitudes absolues d'un certain type de complotisme ou le réel supposé inaltérable, donc le futur d'ores et déjà écrit des prêtres de l'économie dominante. Beaucoup d'entre ces romans *philofictionnels* fonctionnent comme des *explorizons* : des récits d'exploration de futurs envisageables au travers de normes certes divergentes mais aussi de personnages permettant aux lecteurs et lectrices de s'y identifier.

Expérimentant des visions utopiques dans des mondes qui le sont généralement moins, ces œuvres cultivent des thématiques autant sociales ou économiques qu'environnementales bien sûr, et souvent toutes à la fois. Il en est ainsi du bien nommé roman *Eutopia*

11 Li-Cam, *Visite*, Clamart, La Volte, 2024.

12 Léo Henry, « Un jour, tout ceci sera à toi », dans l'anthologie *Nos futurs solidaires*, ActuSF et le Laboratoire des solidarités de la Fondation Cognacq-Jay, 2022, p. 271-272. Le texte a été ensuite publié dans le recueil de Léo Henry, *Cent vingt*, Clamart, La Volte, 2023, nouvelle Cent douze (pas de pagination).

13 Pour de plus amples développements et une multitude d'exemples, lire par exemple Ariel Kyrou et Jérôme Vincent, *Pourquoi lire de la science-fiction et de la fantasy (et aller chez son libraire)*, Challes-les-Eaux, Les Nouvelles Éditions ActuSF, 2024, chapitre V, « La transformation », p. 411-480, et en particulier son entrée « Passer du capitalisme prédateurs aux futurs solidaires », p. 429-443.

14 Sabrina Calvo, *Melmoth Furieux*, Clamart, La Volte, 2023.

15 Ariel Kyrou, *Philofictions, Des imaginaires alternatifs pour la planète*, Paris, Éditions MF, 2024.

de Camille Leboulanger, bâti autour du concept de salaire à vie, variante tout aussi libératrice, mais plus « travailleuse » et communaliste de la notion de revenu universel automatique, inconditionnel et d'un montant suffisant pour vivre et s'émanciper des chaînes de l'emploi contraint et des entreprises pour lesquelles le contrat d'embauche est une promesse d'esclavage. Ici, le travail n'est plus une activité sanctionnée par un salaire quelle que soit la nature et la qualité de cette tâche. Il n'est plus l'emploi, qui représente selon le philosophe Bernard Stiegler la facette aveugle et mécanique de nos activités rémunérées, se conjuguant si aisément à ce qu'il appelle « l'automatisation des esprits[16] ». Cohérent avec l'extinction de la propriété privée et la mise en place de dispositifs de l'ordre des communs suite à une terrible « ère des camps », ce salaire à vie offre aux citoyens du travail au sens le plus enrichissant du terme, pour soi comme pour les êtres, humains ou non, de leur écosystème. Avec toute licence, dès lors que plus personne ne possède personne, de passer d'une activité libre à une formation l'étant tout autant, d'un travail de manutention à un autre plus conceptuel, ou à un long voyage pour oublier et se ressourcer grâce à des projets aux confins des arts ou de musiques à partager... Nous ne sommes pas loin, là encore, d'une option parmi tant d'autres d'une société flirtant avec certaines des utopies *mutualistes*.

Lucide, volontiers poétique autant que politique, de plus en plus fréquemment débarrassée de l'obsession *technosolutionniste*, la science-fiction ici dépeinte réinvente le mutualisme sous toutes ses occurrences réelles et potentielles, bien au-delà de sa réalité sociale et économique du milieu de la décennie 2020. Elle opère ce renversement en se positionnant très loin des clichés de robots, de mutants et de combats spatiaux de la SF de grand-papa. Ses imaginaires construisent les fables d'une métamorphose sociétale en devenir. Il en est ainsi, par exemple, des deux *philofictions* des *Histoires de moine et de robot* de Becky Chambers publiées récemment en France par L'Atalante: *Un psaume pour les recyclés sauvages* (2021) et *Une prière pour les cimes timides* (2022). Ces contes philosophiques ne projettent pas le lecteur et la lectrice dans un futur non capitaliste de la Terre, mais sur une lune pleine d'harmonie, fonctionnant tel un miroir nativement écologique de notre planète et de ses populations qui se cherchent désormais, vaille que vaille, des voies plus vertes et solidaires. Voltaire, Swift et Thomas More ne sont pas loin. Son robot recyclé sauvage, héritier bidouillé et bidouilleur de machines qui ont quitté, du jour au lendemain, leurs usines pour tenter de comprendre et d'expérimenter ce qu'est la vie – et donc aussi la mort – symbolise la métaphysique de ces fables en quête de sens[17].

---

16 Bernard Stiegler, Entretien avec Ariel Kyrou, *L'emploi est mort, vive le travail !*, Paris, Fayard / Mille et Une Nuits, 2015.

17 Voir les longs développements sur le sens philosophique et politique de ces contes dans Ariel Kyrou, *Philofictions, Des imaginaires alternatifs pour la planète, op. cit.*

À l'instar de toutes ces œuvres qui relient les êtres et les éléments auparavant séparés plutôt qu'en cultiver la séparation supposée rationnelle, les *Histoires de moine et de robot* de Becky Chambers sont non seulement des fictions à portée philosophique, mais des fictions de « l'amitié ». De l'amitié au sens du mot grec *phylia*, premier terme de l'expression *philo-fiction* et bien sûr de la *philosophie*. De l'amitié au sens d'une mutualité entre les personnes, que celles-ci soient une humaine désespérée, un extraterrestre *oankali* ou un coquelicot mutant. Les imaginaires des utopies vertes et libertaires du mutualisme sont en effet des *fictions des amis*. Amis des êtres *a priori* les plus étrangers voire détestés, du cafard des cuisines de l'humanité à l'amibe télépathe de Ganymède. Amis des soi-disant subalternes, humains ou non-humains, des femmes traitées comme des objets aux esclaves de toutes origines, des hordes de clochards du New York du film *Soleil vert* aux sauterelles du pré en lisière de la forêt, des migrants défendus par l'association Utopia 56 à la lavande et aux ovins de la montagne de l'École des vivants créée par Alain Damasio et ses complices dans les Alpes-de-Haute-Provence[18].

Ces *philofictions* ou *fictions des amis* me semblent construire un imaginaire alternatif de l'ordre du mutualisme social, économique, biologique et philosophique. Bien sûr, elles ne suffiront jamais pour transformer les institutions et sociétés à but non lucratif de notre aujourd'hui. Complémentaires de décisions politiques, de réformes organisationnelles et d'initiatives sociales et solidaires sans aucun doute plus importantes, elles en cultivent néanmoins des horizons d'espoir dans un monde parfois trop désespéré. Et c'est pourquoi, pour reprendre le titre du livre manifeste de Christian Oyarbide, elles s'avèrent plus que jamais indispensables pour *réinventer le mutualisme* sur le long terme.

18 Ariel Kyrou, *Philofictions, Des imaginaires alternatifs pour la planète, op. cit.*, chapitre III, « L'effiction des amis terrestres (et extraterrestres) », p. 174-180.

POSTFACE

VERS UNE MUTUALISATION DE LA DÉCISION POLITIQUE ?

ENTRETIEN AVEC

Thierry
Beaudet

PRÉSIDENT DU CONSEIL ÉCONOMIQUE SOCIAL
ET ENVIRONNEMENTAL (CESE)

En tant que président du Conseil économique, social et environnemental, ancien dirigeant mutualiste, quel est votre regard sur nos pratiques démocratiques ?

Je pars d'un constat largement partagé : nos institutions, et surtout la façon dont elles sont pratiquées, nous ont conduits dans une impasse. La présidentialisation du régime n'a cessé depuis la réforme de l'élection au suffrage universel en 1962, et aucun locataire de l'Élysée n'a pu ni voulu freiner le mouvement. Au lieu de présider, le chef de l'État gouverne, à l'aide de collaborateurs plus ou moins assumés, au premier rang desquels le Premier ministre. Le pouvoir exécutif se retrouve donc dans les mains d'un petit cercle, qui tente d'étendre son influence au sein du gouvernement, avec le soutien impératif de la majorité parlementaire. C'est un film que nous connaissons par cœur : au fil des vicissitudes du mandat, après des tentatives d'ouverture et de rassemblement, le pouvoir devient de plus en plus solitaire et vertical, avec un Parlement qui ne débat ni ne contrôle véritablement, et une société civile plus ou moins tenue à distance, selon les intérêts politiques du moment.

D'élection en élection, nous constatons une érosion ravageuse du socle électoral et une grande fatigue démocratique. Le vote est devenu rare et réactif : on glisse trop souvent un bulletin pour éliminer et non plus pour choisir. Le danger est de s'y résigner et de réduire la démocratie au processus électoral. Certes, le vote permet de répartir le pouvoir, mais notre démocratie peut d'autant moins s'y réduire que le vote a souvent existé sans qu'il y ait démocratie véritable, comme certains régimes le démontrent toujours aujourd'hui, au cœur de l'Europe.

Notre démocratie semble migrer ailleurs : dans le silence des urnes, dans le vote pour les extrêmes, dans des mouvements sociaux inflammables. Pour certains, la vraie démocratie se passerait même d'institutions et se réduirait au lien entre le « peuple » et un leader providentiel.

Mais la démocratie n'est pas un simple mode de scrutin. Elle est porteuse de valeurs, ouvre un horizon de participation, d'engagement, d'émancipation, horizon qui effraie les dictateurs. Pour que le vote ait du sens, pour que nos concitoyennes et concitoyens retrouvent l'envie de donner leurs suffrages, la démocratie doit se ressourcer. Elle doit redevenir ce qu'elle est : une mutualisation du pouvoir, fondée sur la confiance et l'égalité des citoyens.

Comment s'organiserait cette mutualisation du pouvoir ?

La démocratie, c'est le pouvoir du peuple, ou plutôt le pouvoir au peuple, et, dans un premier sens, aux seuls humains : la souveraineté populaire ne se réclame que des humains, et non d'une autorité supérieure ou d'une révélation, comme dans les régimes théocratiques. La démocratie, c'est donc le pouvoir confié à des humains pour des humains, sans référence extérieure. C'est pour cela qu'elle est précieuse et fragile : sans régulation extérieure (jugement d'un dieu ou lois éternelles), les passions humaines doivent s'autogérer, notamment dans le principe fondamental de la séparation des pouvoirs et du pluralisme, autrement dit d'un antagonisme interne où le pouvoir arrête le pouvoir. C'est pourquoi Montesquieu affirmait que la vertu était indispensable au régime démocratique, où le peuple est à la fois souverain et sujet. Si la démocratie n'est pas d'elle-même vertueuse, si les citoyens ne sont pas bien éduqués, il n'y a pas de garde-fou, elle s'enfonce elle-même et dérive vers d'autres régimes, le plus souvent autoritaires.

La qualité de démocratie dépend donc du périmètre du cercle intégrant les électeurs. Toute l'histoire de la démocratie moderne est un processus de mutualisation et d'inclusion de « petits électeurs » : femmes, pauvres, ouvriers, étrangers, longtemps ces catégories de citoyens n'étaient pas jugées dignes de participer à la démocratie, et le « peuple légitime » n'était composé que de propriétaires et de notables. La démocratie est donc un « *work in progress* », un processus perpétuel de reconnaissance de l'autre, de son existence et de ses préférences. Comment le pouvoir, par essence centralisé et unique, peut-il prendre en compte au maximum la diversité humaine, sans se fragmenter et se paralyser ? C'est la question fondamentale de la démocratie : comment un pouvoir échappe à la tentation de la concentration, de l'efficacité, de l'immédiateté, pour intégrer un peuple et son histoire, avec toutes ses contradictions ?

Et c'est aussi pourquoi la démocratie a moins droit à l'erreur qu'un régime autoritaire. Elle peut facilement se saborder, car il y a en chacun de nous un désir de simplicité, d'efficacité, de clarté que la démocratie ne satisfait pas toujours, loin de là, sans parler de l'apathie politique qui nous guette tous. Nous nous fatiguons des débats, des élections, des conflits. Mutualiser est éreintant ! La fascination pour l'homme fort, c'est la revanche du pouvoir unique sur la complexité humaine. Elle est toujours là, et force est de constater qu'aujourd'hui, la démocratie libérale telle que nous la connaissons est en recul dans le monde, et qu'elle ne concerne qu'une minorité de citoyens sur la planète.

Quel chemin emprunter vers cette mutualisation ?

Pour ma part, je reste optimiste. Il y a moins une crise de la démocratie qu'une crise de croissance de la démocratie. Les citoyennes et citoyens sont toujours plus émancipés, informés et exigeants ? Ils acceptent de moins en moins d'être représentés sans redevabilité ? C'est une conquête de la démocratie, même si cela rend la société plus instable et complexe à déchiffrer et le statut d'élu plus contesté.

Il y a là une énergie et une légitimité nouvelles qu'il faut reconnaître. L'expérience vécue par toutes et tous doit pouvoir compléter et éclairer une expertise détenue par quelques-uns, pour une meilleure acceptabilité des lois. Cela passe également par la sensibilisation : tout comme le XXe siècle a éduqué au vote, le XXIe siècle doit éduquer à la co-construction des politiques publiques, dans une culture du débat contradictoire et de l'implication au long cours. Nos concitoyens en ont l'envie, car ils sont pour la plupart d'entre eux très engagés au quotidien, à l'échelon local.

Si 54 % des Français et des Françaises pensent que la démocratie ne fonctionne pas bien en France, 84 % sont d'avis que les citoyennes et les citoyens doivent prendre une part plus importante dans la décision[1]. Tout comme la démocratie politique doit être enrichie par la démocratie sociale, la démocratie représentative doit être revitalisée par la démocratie participative et délibérative. Avec les conférences citoyennes, les panels, les consultations, les pétitions, une nouvelle matière démocratique est en circulation, qui n'a pas suffisamment trouvé son débouché et sa reconnaissance. Refaisons de la démocratie non pas un cérémonial électoral, mais le seul réseau social qui vaille, loin de ceux qui divisent et attisent les émotions primaires.

Quelle place peuvent y prendre le CESE et la société civile ?

Le CESE est la troisième chambre constitutionnelle de la Ve République, dont la mission est la représentation de la société civile et le conseil aux pouvoirs publics dans les domaines économique, social et environnemental. Les avis qu'il rend éclairent le débat public et rendent compte au mieux de l'état

1 Sondage Ifop, « Les Français et l'état de la démocratie : bilan du quinquennat d'Emmanuel Macron », 8 décembre 2021.

de maturité de la société française, à travers les corps intermédiaires, sur de multiples questions. Depuis la loi organique de 2021, une nouvelle mission lui a été confiée, celle d'être le « carrefour des consultations publiques » au niveau national. À ce double titre, le CESE a organisé deux conventions citoyennes (climat, fin de vie) et met en place des panels citoyens, des journées délibératives et des consultations en ligne pour un grand nombre de ses travaux.

La société civile que représente le CESE prend ainsi toute sa part dans l'approfondissement de notre démocratie, par l'écoute et la délibération.

L'écoute doit revenir au cœur de la pratique politique. Statistiques et chiffres doivent être contrebalancés par des vécus et des ressentis de citoyens et des publics, non pas à la façon d'états généraux cathartiques, mais comme leviers de transformation, pratique continue adossée à des institutions.

La délibération, ensuite. Les sondages sont devenus nos totems, mais ils se contentent de photographier les préjugés, alors qu'il faudrait filmer la réflexion collective, la mutualisation de l'effort : associer citoyens, parties prenantes, territoires, dans des conventions, des panels, des conférences, non pas pour renverser ou concurrencer les élus, mais pour les conforter dans leur mandat, les réconcilier eux aussi avec leurs électeurs, avec la politique comme mise en œuvre du bien commun.

Cette nouvelle démocratie, horizontale et inventive, doit rester arrimée à la République. Le CESE, parce qu'il est à la fois l'assemblée de la société civile et le carrefour de la participation citoyenne, parce qu'il est une Assemblée constitutionnelle tout étant indépendant des pouvoirs, peut et veut être l'acteur de cette « renaissance démocratique ».

Les conventions citoyennes incarnent-elles ce que pourrait être une mutualisation des délibérations et des décisions ?

Les conventions citoyennes sont des exercices fascinants, qui nous ramènent aux fondamentaux de la démocratie, aux pratiques de tirage au sort et de responsabilisation présentes dans les premières démocraties de notre histoire. Pour les avoir suivies de près, je crois profondément à l'approfondissement de notre démocratie par la participation citoyenne, au vu de la qualité des travaux et du niveau d'engagement, remarquable, des participants, et souvent de leur métamorphose au cours du processus.

La mutualisation dont vous parlez est d'abord une complète transparence sur la méthode et le déroulement. Chaque convention est animée par un comité de gouvernance pluraliste comprenant des membres du CESE, mais aussi des personnalités extérieures : universitaires, professionnels, citoyens ayant déjà participé à des conventions. Elle est supervisée par un collège de garants internationaux et indépendants que les citoyens peuvent saisir à tout moment et qui rendent des avis réguliers sur le déroulement de la convention.

Chaque session accueille des observateurs, chercheurs, experts et praticiens, français et d'ailleurs. Tous les contenus, les auditions, les débats pléniers sont librement accessibles au public et visionnables sur le site de la convention. Chacun peut s'y rendre et se rendre compte par lui-même du niveau des échanges, de l'écoute véritable des citoyens entre eux et de l'atmosphère digne et respectueuse qui s'en dégage.

Les conventions sont surtout libres. La parole des citoyens n'appartient qu'à eux, dans l'hémicycle comme en dehors. Personne ne l'interprète, personne ne la transforme. Personne ne le pourrait en réalité. D'ailleurs certains d'entre eux ne se privent pas de partager leur engagement, leur enthousiasme mais aussi parfois leurs doutes ou incompréhensions, sur les réseaux et dans les médias. Ils font bien.

Dans une société éduquée, faite d'individus émancipés, divers, la participation citoyenne est profondément moderne, en cela qu'elle considère le citoyen dans toutes ses dimensions et pas seulement comme étant un acteur électoral, et qu'elle lui offre le temps et les moyens de confronter son vécu aux faits, mais surtout aux autres. En nous sortant des bulles d'opinion dans lesquelles nous nous laissons trop souvent enfermer, en misant sur la co-construction et non la mise en opposition, et en s'inscrivant non pas en substitution mais en total complément de nos institutions, la participation rend notre démocratie plus agile et permet de sortir de la crise de croissance que connaît notre démocratie.

Les conventions mutualisent la délibération, mais certainement pas la décision finale, qui relève du politique. Néanmoins, on ne peut augmenter indéfiniment le volume et la surface de la participation citoyenne et y rester sourds ! Le récent documentaire d'Hélène Desplanques, *Les doléances*[2], a pointé l'absence de suites données au « Grand débat national » de 2018-2019, qui avait abouti à la collection de 19 899 cahiers, comprenant 200 000 contributions, soit le plus grand exercice de participation de notre histoire ! Dans la même veine, des chercheurs se sont interrogés sur la capacité des mécanismes de la démocratie participative à infléchir l'action publique. Pour eux, cette « parole citoyenne » mise en scène peut être décevante et risque d'aggraver la crise de confiance dans la démocratie.

Ces conventions s'adossent toujours à un avis rendu par l'assemblée du CESE, et cette complémentarité est essentielle dans la nouvelle identité de notre institution, historiquement celle des corps intermédiaires. Notre société a besoin de ces multiples paroles, de ces intermédiations, de la société civile, d'organisations fortes et entendues, pour parvenir à une vraie mutualisation de la décision publique.

2 Diffusé par trois chaînes régionales de France 3 ainsi que projeté dans une dizaine de villes.

Quel lien faire entre mutualisation de la décision et égalité ?

Un récent avis du CESE a montré la préoccupation de nos compatriotes pour la montée des inégalités. Je pense qu'une démocratie qui ne lutte pas avec acharnement contre l'accroissement des inégalités court à sa perte. La démocratie peut s'accommoder d'une part d'inégalités, car elles reflètent les inégalités naturelles, mais fondamentalement, un écart trop grand fracture le sentiment d'appartenance à un même peuple, à un même destin. La démocratie contient une « passion pour l'égalité », comme le disait Tocqueville. On ne peut proclamer l'égalité politique et ne pas se soucier d'une égalité des conditions de vie.

Composition : Le Bord de L'eau éditions

Cet ouvrage a été achevé d'imprimer en novembre 2024
pour le compte des éditions Le Bord de L'eau
par Imprimerie Laballery (58500 Clamecy).

Dépôt légal : Décembre 2024 – N° d'impression : 410837

Imprimé en France